ゆうゆうヨシ子さん

ローボ百歳の日々

嵐山光三郎

中央公論新社

ゆうゆうヨシ子さん　ローボ百歳の日々　目次

はじめに――星またたきて……　9

第一章　ノブちゃんとヨシ子さんとの日々　13

始まったロープ・ローボとの日々　15
温泉句会――乳頭の露天の風呂や夏木立　20
ノブちゃんの徘徊　28
台風騒動　34
ヨシ子さんの診察券　38
秋の蚊　47
カーキ色の軍帽　50
散り初むる桜　60

第二章　ヨシ子さん、八十代の日々　75

影なき夫　77
プレスタウン・ストーリー　84
プレスタウンの夏　101
句集『山茶花』　105
米　寿　119
雛　祭　124
彼岸参り　138
花の庭　144
さくらざかり　152
白　靴　158

第三章　ヨシ子さん、九十歳の日々　167

七回忌の桜　169
スミレの花咲く頃　175
オレオレ詐欺と空き巣　181
ヨシ子さんのクラス会　191
夜　寒　198
句集『九十二』　207
九十二の秋　213
食いしん坊、ヨシ子さん　218
雪積む屋根　225
六十七回目の終戦記念日　230
紫陽花の花　237

年をとる　243
大型で強い台風　249
九十七歳のクラス会　257

第四章　ヨシ子さん、百歳の誕生日　261
めでたい長寿祝金　263
百歳長寿　271
老いてますます唯我独尊《わがまま》　277

あとがき――なるようになる愉快な百二歳　285

装画・装幀　南　伸坊

ゆうゆうヨシ子さん　ローボ百歳の日々

はじめに——星またたきて……

母、ヨシ子さんが俳句を詠みはじめたのは昭和五十四年（一九七九）、六十二歳のときで、NHK俳句学園に五年間通った。そのあと小林康治《こうじ》先生の句誌『林』を経て、市村究一郎先生が主宰する句誌『カリヨン』に入会した。

父、ノブちゃんは、ヨシ子さんより前から俳句を詠んでいたが、ノブちゃんが同人になっている句誌『日矢《ひや》』（清水基吉《もときち》先生主宰）には参加しなかった。

ヨシ子さんが第一句集『山茶花《さざんか》』（本阿弥書店刊）を出したのは、平成十三年、八十四歳のときで、冒頭のページにはこの二句が掲載されている。ヨシ子さん、六十二歳の時の句だ。初出の句誌がぼくの家に送られてきたとき、胸にずきんと矢を射られた。

母の日の星またたきて闇に消ゆ
山茶花を活けて終日《ひねもす》門を出ず

「母の日」の句は、母親、モトさんを追悼している。ヨシ子さんは、六歳のときに実母モトさんをチブスで喪《うしな》った。モトさんは、チブスにかかったヨシ子さんの兄、文男さんを看病しているとき、伝染したという。その後、二歳上の文男さんとともに伯父（石垣清一郎・実母の兄、浜松市中《なか》ノ町《まち》のじいちゃん）にひきとられた。

茶の間の棚の上に、モトさんの写真が飾ってあり、マッチ箱くらいの小さな像は、ぼやけて、よく見えない。「そりゃあ、きれいな人だったよ」と、ヨシ子さんは中ノ町のじいちゃんに教えられたという。

ヨシ子さんの実母の記憶は、うすぼんやりとした写真の中にだけあり、「母の日」の星ひとつが、またたいて闇へ消えていった。

句誌『カリヨン』に掲載された「山茶花」の句を読んだとき、「そろそろ両親と一緒に暮らさなければいけない」と、ぼくは腹をきめた。そのころ、ぼくは田無《たなし》の公団住宅に住んでいた。

ヨシ子さんは、ノブちゃんと二人暮らしで、ともに家にひきこもりがちだった。七十三歳のノブちゃんは庭の梅の木を見ていて、眼鏡ごしに小枝で目を突いたというし、長男のぼくはこちらも「ほうっておけない」と思った。

両親と同じ敷地に家を建てて引っ越した。ヨシ子さんの句が、ぼくをひきよせたという次第で、句集『山茶花』のタイトルはこの句からつけられた。

平成三年、七十四歳のとき、ヨシ子さんの句、

藁布団《わらぶとん》つくりし頃やもの悲し

が、NHK－BSテレビ全国百選（生放送）のベスト四十句に入選した。藁布団は藁を入れて作った蒲団で、戦時中の代用品だが、かたい藁を打ち、やわらげるのは女の夜なべ仕事として、古来詩歌によく詠まれた。ヨシ子さんと同じく大正生まれの沢木欣一《さわききんいち》先生の目にとまって選ばれた。「もの悲し」は「物がなし」にかけてあるのだろうか。

ヨシ子さんの句と名前がテレビ中継の画面に出ると、句友や親戚から電話がかかってきて、「おめでとうございます」と大騒ぎになった。

NHKから、表彰状を渡す式典に出席するようすすめられたが、「もう年だから行けない」と断った。「着ていく服もいいのがないし、電車に乗るのも疲れるしね」という。ぼくは「行けばいいのに」とすすめたけれども、晴れがましい席に出るのが苦手で、それに体力も弱っていた。

ヨシ子さんは、記憶力はちゃんとしているほうだが、耳が遠く、体力がついていかない。頭はしっかりしているのに、体が言うことを聞かない。

箸《はし》一本が重く、買い物はリンゴひとつ持つのがやっとという。ヨシ子さんが俳句に自信を持ったのは、ＮＨＫ－ＢＳテレビのベスト四十句に入選してからである。俳句を詠もうとする念力が、生きる力を呼びおこした。なにか題材を見つけるために、夕方は、杖をついて散歩に出る。

フーラフラとした蚊トンボみたいな散歩で、見ちゃいられない気もするけれど、散歩を休むと、かえって体調が崩れる。

ヨシ子さんは、俳句の念力で生きている。散歩のあと、熱いほうじ茶を飲んだときのヨシ子さんの句を紹介いたしましょう。

幾千の心澄みゐる良夜かな

第一章　ノブちゃんとヨシ子さんとの日々

始まったローフ・ローボとの日々

家の玄関には桜の木があり、それはぼくが小学校五年のときに植えたものだった。引越しがすんだ夕方に、ビールを飲みつつ、挨拶《あいさつ》句として、

引越の荷をおろしみる夕桜

を呈したら、ヨシ子さんに「なに言ってんだか」とからかわれた。

親と俳句で会話をすると、気分がはなやいでくる。

もともと住んでいた町だから、越してくると旧友や先輩に会った。もと同じ会社にいた先輩の編集者、新潮社や文藝春秋の友人、高校の同級生の佐藤収一。小説家の山口瞳《ひとみ》さんも同じ町内ということで親しくなった。漫画家の滝田ゆうさんも同じ国立《くにたち》市住民で、山口瞳さんと三人で、町内会三人展という小さな美術展をやった。

東京都のはずれにある国立市は、田舎町《いなかまち》ながら、住みよい町であった。一橋大学や、ぼくが卒業した桐朋高校のほか、都立国立高校や、各種学校などの学生が多い学園都市である。

大学通りの入口には、高校生のころから通っていた喫茶ロージナがあり、御主人の伊藤接さんは白髪をなびかせた画家である。老舗の関酒店、なじみのラーメン店丸信、文房具店金文堂、増田書店も昔のままであった。

家の周囲には武蔵野《むさしの》の雑木林と丘陵が、そのまんま残っていた。防空壕があった丘陵の穴は塞《ふさ》がれて、原っぱは整地され、都立府中病院のビルが建った。雑木林は病院の庭につながっていた。

丘陵沿いに細い道が残され、その小道を歩いていく。湿った黒土の小道と、丘陵の雑木林は、入院患者たちの散歩コースにもなっている。

小道を歩いて、ノブちゃんと散歩した日を思い出した。空が澄みわたった秋の午後だった。丘陵から富士山が見え、ノブちゃんは一句詠んだ。

どういう句だったのだろうか。すぐには思い出せない。たしか「秋澄むや」という季語が頭についていた。

丘陵を歩きながら西方をながめても富士山は見えなかった。風の強い日でないと富士山はなかなか見えない。

えーと、下五《しもご》は「富士見えて」だったな。ぼんやりとした頭を叩《たた》くと、そうだ、思い出した。中七《なかしち》は「わが住む町に」だった。

秋澄むやわが住む町に富士見えて

句がきちんとしていた。

そのころのノブちゃんは七十代前半で矍鑠《かくしゃく》としていた。顎《あご》に白鬚《しろひげ》をたくわえてステッキをつき、しゃんと背筋をのばしていた。ノブちゃんは素敵な老人だった。

そのノブちゃんが少しずつ呆《ぼ》けてきた。

ノブちゃんは多摩美術大学教授になる前は新聞社に勤務していた。そのかたわら、非常勤講師として東京教育大学へ行って教えていた。会社は自分の能力を生かせないという気持が、五十歳のときから大学の非常勤講師になるという方向へむかわせたのかもしれない。

ノブちゃんは東京府立工芸高校で学んで、大学を卒業していない。

十二歳のとき、株屋をやっていた父が死んで、大学へ行く金がなかった。逼迫《ひっぱく》した家計で、兄の学費をひねりだすのが、やっとだった。

工芸高校を卒業すると、印刷技術の雑誌の編集をしていた。ひとりで編集する雑誌だった。それが業界有力者の目にとまり、新聞社へ途中入社した。高卒の学歴で、しかも途中入社とあってはやりたい仕事をする場がなかった。新聞社在社中から、デザイン関係の原稿も書いていた。

出世は遅れたものの、課長となり、定年前は部長待遇となった。

非常勤講師ながら、教師のキャリアがあったから、定年退職後は、すぐ美術大学の教師に就職した。ノブちゃんは、新聞社時代より、大学教師のほうが楽しそうであった。

それでも、新聞社時代からの習慣で、朝刊はすみからすみまで目を通していた。それが、このところ、記事を判読できなくなってきた。緑内障で小さい活字が読めない。

ノブちゃんは、手相見が使うような大きな虫眼鏡を手に、一字ずつ声を出して読んだ。なんだか、字をおぼえたての小学生が、国語の教科書を朗読するようだ。朝刊の一面記事を読み終るには一時間かかる。全ページ読み終るころには、もう夕刊が届けられるのだった。

ちょうどそのころ、ヨシ子さんが、

「雲の上を歩いているみたいにフラフラする」

と言いだした。立川にある病院のめまい科へ受診に行くと、女医さんに、

「あんたぐらいの老人なら、みんなフラフラしてますよ」

と言われたらしい。

「病院で貰《もら》ったツブみたいな薬を飲んだら吐いた。そのあと腹をくだして、かえって具合が悪くなった」

と言う。

ヨシ子さんは、ノブちゃんの介護で疲れていた。ヨシ子さんを、府中病院へ連れていった。府中病院の医者は、

「歩いてふらついたときは、しゃがむといい」

と指導してくれた。ヨシ子さんは、「ふらついたら、言われなくってもしゃがむわよ」

とへらずぐちを叩いて一句。

わが鬱《うつ》をいづこへ捨てん秋日傘

やれやれ、これからこうやって少しずつ衰えてゆくローフ・ローボとつきあっていかなければいけないのか、とさきが思いやられるのでした。

温泉句会——乳頭の露天の風呂や夏木立

ヨシ子さんがギックリ腰になったので、ノブちゃんと一緒に秋田県の湯治場へ案内することにした。白髪を生やしたノブちゃんは水戸黄門のような風貌になり、俳号を仙人という。

仙人は東京向島生まれの江戸ッ子で、気が短い癇癪《かんしゃく》持ちだった。ヨシ子さんは静岡生まれで、おっとりとしている。それがいつのまにか逆転して、シャキシャキっとした気性になり、仙人は物静かな人になった。向かったさきは八幡平《はちまんたい》の玉川温泉、後生掛《ごしょがけ》温泉と、乳頭《にゅうとう》温泉の鶴の湯である。玉川温泉では風呂上りの食堂で一句ずつ披講した。

荷も客もともに置かるる夏座敷　仙人
渓谷に湯煙りのぼる半夏生《はんげしょう》　ヨシ子
玉川の湯に黄金の月夜かな　光三郎

食堂の配膳係が、色紙と筆ペンを持ってきたので、この三句を書いて渡した。

玉川温泉は湯の成分が強くて、五分以上つかったら一度出て休む。湯は透明で、やわらかく、油のようにとろりと寄り添うが、当然ながら油ではない。月光を溶かしたような湯である。月が半分欠けて、湯のなかに落ち、ぬるめの黄金月光湯になった。

温泉宿舎を出て遊歩道を五十メートルほど進むと右側に湯の川が流れ、硫黄の湯の花を採取している。あたりはもうもうと噴煙があがり、一種異様な霊気がある。道路に倒れている人がいて、よく見ると寝ころんでいるのだった。湯の川沿いに「有毒ガスが出るので立入禁止」の看板があった。そんな道を、一見すると「流浪の民」の湯治客が黙々と歩いていく。そのさきに緑色のテント張りの小屋が三つあり、そこが岩盤浴場であった。むりと異臭がたれこめ、蒸気が昇っている。鶏小屋のような造りで、岩盤の上にゴザが敷きつめてある。

ヨシ子さんは、

「こんなの、いやだわ、外で待っている」

と言ってオンドル小屋から飛び出した。

上着とズボンと靴と靴下を脱ぎ、パンツ一枚になって、自分のゴザを敷き、ズボンを丸めて枕がわりとして、ゴロリと横になり、バスタオルをかぶった。

寝ころぶと背中からジンジンと熱くなった。硫黄と汗がまじったすえた匂いが充満しているが、ベニヤ板の壁のすきまから風が入ってくる。三分寝ころんでいたら、汗がどくどくと出てきた。そのうち眠くなって、うつらうつらしてしまった。隣の仙人の寝息で目がさめた。

地獄のすぐ隣に極楽がある。

軀《からだ》がおでんのコンニャクみたいにプリンプリンになった。こんな生活なら一年中やっていてもいい。もっとダラダラしていたいが、ヨシ子さんが外で待っている。周囲を見まわすと、オンドル小屋の上の岩盤で、浴衣を着たヨシ子さんがあおむけに眠っていた。そこに坐《すわ》って俳句を考えていたら、ポカポカするので、

郭《かっ》公《こう》の遠《とお》音《ね》聞きいる湯の香り　　ヨシ子

の句を得たという。岩場の奥からカッコウの声が聞こえた。ピカピカでカーンとさえわたる声だった。俳句っていうのはね、瞬間の感動をつかみとらなきゃいけないのよ。ヨシ子さんに講釈されて、ぼくは「わかりました」と頭を下げるばかりであった。仙人は「め

んどくせえな」とそっぽをむいた。

ステテコのまんま岩場の風呂へ行き　　仙人

萱《かん》草《ぞう》の花に硫黄の残香あり　　光三郎

後生掛温泉へは、玉川温泉からバスで三十分ほどである。玉川温泉からバス停まで宿の小型車で送って貰った。八幡平行きのバスには、客はわれわれ三人のほか一人の客しか乗っていない。ゴザをかかえた中年婦人で、後生掛温泉自炊棟《じすいとう》に一週間泊っていて、玉川温泉オンドル小屋へ来た帰りだという。バスの運転手は、大きな弁当箱をかかえて、しごく愛想がいい。運転しながら、

「紅葉のときはすごくきれいっすよオ」

と自慢した。客が少いから、運転手と話をしながら、ブナ林の道を疾走した。サラサラとした風が窓から吹きこんでくる。と見るま猿の子が山道に飛び出して、バスは急停車した。

猿の子のバスを停めたる谷若葉　　ヨシ子

断崖の強風蜘蛛《くも》をおどろかす　　仙人
バス停や天道虫《てんとうむし》もバスを待ち　　光三郎

後生掛温泉にもオンドル小屋がある。そのほか①木箱から首だけ出してあたたまる蒸し風呂、②天然の蒸気を使ったサウナ風呂、③泥風呂、④打たせ湯、⑤神経痛に効く湯、⑥あぶくがぼこぼこ出る火山風呂、⑦露天の泥風呂、など七つの湯が、男女別の大浴場に配置されている。浴室はすべて木製で肌にやわらかくなじむ。まずは入口の左にある泥湯につかった。ぬるくて濃いドロドロの湯。地底から湧き出る鉱泥で、女性の美容法に泥をぬるのがあるが、あれの温泉版といったところだ。泥湯のあとは打たせ湯で全身についた泥を落とす。ドドドドドーッと勢いがあり、泥がドサドサ洗い落とされた。頭がジーンとしびれてハイになった。踊り出したくなる気分をおさえて、首だけを出す木製の箱風呂（個人用サウナ）に入る。七つの湯すべてつかるには一時間かかった。壁に「後生掛俳句会」の句募集の貼り紙があった。

ふうわりと泡の湯の浮く梅雨《つゆ》の月　　ヨシ子
スライドを抜きとるごとき夏休み　　光三郎

ゴウゴウと音があがる沸騰泉《ふっとう》の横はマッドポットという泥火山である。泥火山に夕陽が反映してにぶい銀色に光っている。地底から、魔の沼が湧いてくる。湯治客の一団がきて、ぼくを見つけ、「センセー、一緒に写真を撮って下さい」と声をかけてきた。客がぼくの横に来ると、ヨシ子さんが、

「うちの夫は大学の教師ですから、こちらが本当の先生なんですよ」

と言った。すかさず仙人が、

「おめえ、いつから先生になったんだ」

とぼくを睨《にら》みつけた。

鶴の湯は山深い地の一軒宿で、元禄の時代から警護の武士がつめていた関所のような長屋が並んでいる。開湯以来三百八十年の歴史があり、露天風呂の素朴さに人気がある。テレビ局のロケ隊が、栗原小巻さんを連れてきている。栗原さんは学生のころから、まぶしいほど美しい人だった。浴衣姿の栗原さんに声をかけたら、「あら、ここに泊っているんですか。いいなあ」とうらやましがられた。

露天風呂に入ろうとした仙人は、撮影中だから三十分待ってくれと言われて機嫌が悪い。

「ひとまずはビールを飲んでひと眠り」と言うと「それは俳句か」とからまれた。「いや、提案です」。泊る部屋のすぐ横を湯川が流れていく。そのうち、撮影は終了したが、仙人は露天風呂に入らなかった。

湯の沢にざぶりざぶりと蛇いちご　光三郎
湯の川の緑の瀬音枕辺に　ヨシ子

ひと眠りした仙人を誘って、もう一度露天風呂につかった。ことに夜がいい。以前泊ったときは、湯端の枯れススキの上に半月が輝き、湯面に映ってゆらゆら揺れていた。「おや、もうひとつ月があるぞ」と目をこらすとそれは湯の上にぶら下った石油ランプの灯であった。

夕食に岩魚《いわな》が出た。天然の岩魚を竹串に刺して囲炉裏の炭の周囲に立てた。ヨシ子さんは目を輝かせて、

「待ちに待った岩魚だわ」と声をあげた。ヨシ子さんは食べ物の句になると、がぜん力を発揮する。

串焼きの岩魚囲みて夏炉かな　　ヨシ子

仙人は、

「明日は家に帰るんだな。鉢植えの盆栽に水をやらなきゃいかん」

家の盆栽のことが気になるようであった。

ノブちゃんの徘徊

ノブちゃんがときどき徘徊《はいかい》するようになった。

徘徊は自宅を中心として半径百メートル以内に限られている。それ以上行かないのは、体力が衰えたためであろう。ノブちゃんはわがままで、ヨシ子さんの言うことをきかない。昔からそうだった。ヨシ子さんが、

「デイ・サービスの一日体験をしたらどうかしら。いろんな人がいて面白そうよ」

と言うと、ノブちゃんは「やだね」とそっぽをむいた。

「あんなところは認知症の連中が行くところだろう。なんで俺が行かなきゃならないんだ」

ノブちゃんは、「ふん」という顔をして、リモコンのボタンを押した。しかし、それは空調のリモコンで、ブーンと唸《うな》りをあげ、空調機のフタが首をもたげるようにゆっくりとあがった。

「テレビのリモコンはこちらですよ」

ヨシ子さんが、掘りゴタツの上においてある黒いリモコンを押した。テレビのニュース番組が首相の記者会見を放送していた。

「おめえ、なにを言ってるんだ。バカヤロウ。どうしようもない野郎だ。そんなこと言ったって、俺はだまされないぞ」

ノブちゃんはテレビにむかって話をしている。

「老人をないがしろにして、なにが福祉国家なんだ。恥ずかしくないのか」

「そうだ、そうだ」

とぼくは同調して「アホな首相だ」と声を荒らげた。ヨシ子さんは困った顔をして、

「ふたりともいいかげんにしなさいよ」と、諭すように言った。

ノブちゃんは憎々しげにテレビを罵倒《ばとう》する。ぼくはテレビのブラウン管へ大量の柿の種をぶつけた。

ノブちゃんも柿の種を握りしめて、バラバラッとぶつけた。たちまち畳の上に柿の種が散らかった。

「おまえはお父さんの悪いところだけ似ているねえ」

とヨシ子さんは嘆きながら、拾いきれない柿の種を掃除機で片づけた。ノブちゃんがテ

レビ番組に文句をつけたときは、言い返してはいけない。反論すれば、さらにノブちゃんの鬱屈の火に油をそそぐことになる。ノブちゃんが怒ったときは、それ以上に怒ってみせると、ノブちゃんは機嫌がよくなる。

「老人をバカにすると、そのうち老人による革命がおこるんだ。これからは、若者対老人の闘いだ。老博士は戦車だって機関銃だってつくる能力がある」

「軍事戦略も情報戦略も持ってる」

「それをしないのは遠慮してるからだ。やろうとすればできるが、やっちゃ悪いからやらないだけなんだ」

「そうだ、そうだ」

と、ここで、ぼくとノブちゃんは握手をすることになる。けれどノブちゃんの手を握ると、力がなかった。ぐっと握りかえしてくる気合いがない。

市の在宅介護センターから女性のケアマネージャーがきた。介護が必要な人の申請により、身体機能、衣服の着脱と入浴、排泄《はいせつ》などの日常生活動作の八十五項目を調べる。ヨシ子さんが市の係にフニャフニャと電話したのによく通じたものだ。

しばらくノブちゃんの様子を見ていたケアマネージャーが「青柳園《あおやぎえん》がいい」と言った。

多摩川近くにある二階建ての青柳園はデイ・サービスと老人介護施設を兼ねている。一日体験入園をする。小型バスで送り迎えをして、日帰りする。それを何回かくりかえして、なれていけばいい。

ノブちゃんは、いつのまにか庭に出て、小鳥の餌台を掃除している。台の上にパンのミミや残飯を載せていく。ノブちゃんの姿を見つけると、雀の群れが餌台に飛んできた。庭木の上でノブちゃんを待機していた。それだけを見ていれば、ごく普通の老人だ。

ノブちゃんは「ご苦労さんでした」とやってきたケアマネージャーにおじぎをした。

ノブちゃんが八十歳のときの句に、

コスモスや空地《あきち》一面占領す

がある。空地とは、倒産した家具店の土地が競売にかけられて、もめた場所であった。倉庫が壊され、さら地一面にコスモスの花が咲いていた。そこの近くに老人介護施設が建設された。

青柳園の一日体験のお迎えバスが家の前まできたとき、ノブちゃんは書斎の椅子に坐りこみ、「俺は行かねえよ」と抵抗した。

「やだね、行くもんか。なんで行かなきゃいけないんだ」

言いあっているうち、施設のおばちゃんが「こんにちはあ」と部屋へ入ってきた。満面に笑みを浮かべて、「さあ、先生、いらっしゃいませ」と手をさしのべた。おばちゃんは、老人の扱いになれている。一瞬、ノブちゃんの表情がやわらかくなった。ノブちゃんは、ヨシ子さんには威張るけれども、よその人には愛想がいい。おばちゃんに手をとられてゆらりと立ちあがり、靴をはいた。ハナガミやハンカチを入れた小さな手荷物のバッグを肩からかけられて、うらめしそうな表情でヨシ子さんを見た。

ヨシ子さんと一緒にノブちゃんを見送って小型バスが角を曲がって見えなくなると、ヨシ子さんは、

「うまくいくといいんだけどね」

と、溜息をついた。

ノブちゃんがいないあいだ、ヨシ子さんは不安そうに椅子に坐っていた。介護施設は呆け老人ばかりがいるのではない。頭はしっかりとしていて、介護が必要な老人が入る施設である。

新聞の日曜版に「ぼけ度判定テスト」が掲載されていた。しりとりテスト、格子模様再

現テスト、間違いさがし、たし算、迷路通過、など小学校一年生のテストに似ている。ヨシ子さんに「やってみたら」とすすめると、「余計なお世話です」と怒りだし、「おまえがやってみなさい」と言われた。やってみると六十点で、ぼくのぼけ度は三分咲きであることがわかった。

ノブちゃんが帰ってきたのは夕方の六時半だった。今日は、千代紙でヒヤシンスの造花をつくったという。ヨシ子さんはノートに、

医者帰り夫《つま》の提《さ》げ来しヒヤシンス

と、鉛筆で句を書きこんだ。

台風騒動

台風がきた。

沖縄方面から渦を巻いて北上してくる。テレビでは沖縄本島を通過して四国に上陸したと放送している。ソテツが風で揺れていた。国立市には、台風前夜のなまぬるい風が漂い、まだら模様の雲が上空を覆っている。

雨戸を閉めるのが難しい。ノブちゃんは一階の縁側の雨戸を引き出そうとして、つんのめって転んだ。倒れたひょうしに、廊下に置いてある蘭《らん》の鉢が倒れて土がこぼれた。土を手ですくって鉢に戻しながら、

「おまえが閉めろ」

と、ぼくに命令した。

わが家はずいぶん前に建てた木造家屋だから、雨戸が半分壊れて戸袋に張りついている。緊急時になると、ノブちゃんは呆けがなおるようなのだ。

せきたてられたあげく、ようやく一枚の雨戸を引きずり出して、ぎしぎしと引いていった。一枚が出ると、二枚目は倒れかかるように出てきた。左右から八枚の雨戸を閉め終わるのに三十分かかった。

「戦時中の空襲警報の夜みたいだわね」

とヨシ子さんがはしゃぎだした。

「こういう時はいい俳句が出るのよ。二年前の台風の時、お父さんが詠んだ句があるわ」

ヨシ子さんは「日矢同人俳句集」をとり出してきて、「これ、これ」と示した。

軒下の鉢ころがして野分《のわき》かな　　仙人

あのときは庭に鉢を置きっぱなしにしたから、みんな倒れてしまった。

ノブちゃんは腕組みをしたまま、むっつりとした顔で、

「敵機来襲だ。電灯を暗くしろ」

と言った。

ノブちゃんに、家長の意識がよみがえったようであった。

「鮭缶《さけかん》を出せ。そうだ、カニ缶もあったな」

お中元に貰った缶詰セットがあった。ノブちゃんはカニ缶への思い入れが強く、カニ缶を貰うと、すべて書斎の机の引き出しにしまってしまう。

カニ缶は一番下の引き出しの奥にあった。それも七個である。カニ缶にはノブちゃんの手書きのシールが貼《は》ってあり、貰った日付けが記してあった。賞味期限が切れたカニ缶を取り出して、茶の間へ持っていった。

「こういうときのために缶詰がある。普段から用意しておくのは、そのためだ」

カリカリとカニ缶を開けて、なかのアブラ紙を広げた。びっしりと赤い肌の身がつまっていた。ぬるい缶ビールを開けて三人で乾杯すると、雨戸に強く風が吹きつけた。木片や木の枝が雨戸にあたってダダーンと音をたてた。テレビでは、海沿いの町が土砂崩れになったニュースを放送している。ノブちゃんは感きわまった顔でうっとりとカニを食べた。

台風が過ぎると、晴天となった。窓に吹きつけた雨が、雨戸のわずかなすきまから吹きこんで二階の廊下を濡《ぬ》らし、滴《しずく》が一階の廊下に落ちてきた。雨戸の下にタオルをはさんだのに、この始末だ。雨戸は、水をふくんでびくとも動かなくなった。おまけに木枠のガラス戸も開かなくなった。雨戸を蹴《け》とばしながら開けた。雨戸を叩くと、敷居にゆるみが出て、下の部分がわずかに動く。すかさず揺すって一枚ずつ押しこんで収納した。

朝一番に青柳園からノブちゃんの迎えのバスがきた。この日のノブちゃんは聞きわけがよく、すんなりとバスに乗った。

盆栽の棚に鉢植えを戻した。露草の花は、踏みつけられたみたいに地面に倒れていた。竹竿《たけざお》を立てて、月見草をひとまとめにしてビニールの紐《ひも》でくくりつけた。

夕方、ノブちゃんが機嫌よく帰ってきた。この日はお絵描き大会があった。行くたびに、その日の様子を記した日録ノートが渡される。そこには、

――本日は、ノブ先生に絵の講評をお願いしました。すると、ひとつひとつの絵に的確な批評をなさいまして、大変喜ばれました。

と書かれていた。先生として扱われると、ノブちゃんは機嫌がよくなる。青柳園にも少しずつなじんできた様子だ。ヨシ子さんは、すかさず、

　月 見 草 咲 き 登 り た り 月 赤 し

と句帳に書きつけました。

ヨシ子さんの診察券

青柳園へ、ヨシ子さんと見学に行った。クリーム色の二階建ての建物で、思っていたよりきれいな造りであった。

施設長が、

「福祉の精神により、まず接客技術をモットーとしております」

と言った。すべてを高齢者本人の身になって考えることが基本であるという。

たとえば、痴呆《ちほう》の高齢者の夫が妻の顔を忘れてしまうケースがある。「その場合、つぎの三つのうちどれが正しいでしょう」と質問された。

①妻であることを根気よく説得する。

②結婚式の写真などを見せて納得させる。

③あきらめてニコニコする。

このうち①や②は、高齢者本人がかかえる問題の解決とはなりません。夫に顔を忘れられても、ニコニコと笑って「どこかの親切な人」としてふるまうのがいいのです、と教えられた。

「三つの選択肢のなかで一番いけないのは②です。こんなことをされたら、夫は逃げ道を失って、屈辱感を味わうだけですから。失望した顔をすると、本人は傷つきます」

ノブちゃんは、まだそこまでは呆けていないようだった。


台所のテーブルの上にヨシ子さんのお薬手帳が置いてあった。ビニールのカバーがかかり、ふくらんでいる。手にとってみると、ビニールカバーの折り返しから、どさっと診察券が落ちてきた。

ヨシ子さんは内科医院と接骨院のしわくちゃの診察券だけを持って、出かけていった。そのほかにも山のように診察券があった。

プラスティック製のライトブルーの診察券は、外科、小児科をかねている病院で、院長先生はぼくの下の弟のススムの小学校の同級生で、院長の母親は父母会で親しくなった仲間である。

白いプラスティックの診察券は、都立立川厚生年金病院で、めまい科に通院していた。白地に緑色の横線が入ったプラスティックの診察券は都立府中病院で、癌《がん》の検診に一度だけ行っている。銀色のプラスティック製診察券は東京警察病院で、足の痛みがひどいときはここへ行く。ヨシ子さんは気にいっているが、それを、

「警察病院は膏薬《こうやく》をいっぱいくれるので助かる。でも、持ち帰るのが重い」

と言っていたのを思い出した。

オレンジ色の診察券は、メディカルセンターの診察券で、脳外科、接骨院、眼科などが入っている小さな総合病院だ。ヨシ子さんはこのメディカルセンターで脳のCTスキャンを撮った。

脳のCTスキャンを撮ったときは、興味しんしんで、

身に入《し》むや脳断面のわが写真　　ヨシ子

という句を得た。ヨシ子さんの兄、文男さんが医者であることもあって、そういうことに興味を示す。

白い紙の診察券は皮膚クリニックで、古くからの知りあいだ。湿疹《しっしん》がひどいとき、電話だけして、ぼくが薬を貰いに行く。白と緑色の横線が入った紙の診察券は眼科で、美人の女医さんがいる。その女医さんがヨシ子さんの亡母と同じモトという名であることに気づ

いて、

眼科医は母と同じ名梅匂ふ　ヨシ子

と詠んだ。

ピンク色の紙で、かなり古い診察券は立川市にある歯科。この先生は、賢弟マコチンの小学校の同級生だ。

ペラペラの白い診察券は伊藤眼科で、この病院へは、ぼくも通院した記憶があり、行くたびに、

「お母様、お元気ですか」

と訊《き》かれる。

ヨシ子さんは老眼で、目の中を蚊がとんでいくという。それで、緑内障の手術をしたほうがいいか迷っており、「いい病院を紹介してあげる」と言われて、そのままになっていた。

ヨシ子さんはついこのあいだまで自転車に乗って、国立の町を走り廻っていた。

ペタル踏むどの道行けど梅香る　　ヨシ子

自転車に乗って一橋大学の梅林を走るヨシ子さんの姿はなかなか風流であった。

ノブちゃんは八十四歳のとき、伊藤眼科で緑内障の手術をしようとした。そのとき、「高齢だから、いまさら手術をしないほうがいい」と言われた。それで、ぼくの知人の紹介で、別の病院で手術をして、一時的にはよく見えるようになったものの、軀全体にガタがきてしまった。

ブルーの紙の中央診療所の診察券は、かなり古い。老医師で、親切な先生だったけれど、体調をくずして入院してしまった。「老人のことは老人の先生にしかわからない」と、ヨシ子さんがかたくなに信頼してきた医者であった。

中央診療所に代って診てもらっている病院は、新しい診察券に内科、呼吸器科、アレルギー科と印刷してあった。若い医師で、十日に一度、往診にきてくれる。

中央診療所の老医師は、気まえがよく、薬を山のようにくれた。それに代った三十歳の医師は、それらの薬を点検して、漢方薬を処方してくれるので、ヨシ子さんは、すっかり若い先生に頼るようになった。

十四枚の診察券が健康手帳の裏に、一センチほどの厚さになって入っているのだった。

裏表紙の折り返しには、ここ十年間の健康診断書が、たたんでしまわれていた。血圧管理手帳もある。裏にヨシ子さんの句が書きつけられていた。

春愁や小さな粒の持病薬

こんなに多くの診察券を、よく使いわけられるものだ。ヨシ子さんには、診察券がお守りなのである。

ノブちゃんはテーブルの上に薬を並べて、駄菓子屋の飴玉《あめだま》でもながめるように見入っている。なんだってまた、こんなに薬が多いのか。ノブちゃんの薬は、一回に飲むぶん七錠をヨシ子さんがわけてまとめてある。それでも飲もうとしない。

ヨシ子さんも、どの錠剤がどこに効くのかを判じかね、見ているままぶっ倒れて薬の山のなかへ顔を突っ込みかねない様相だ。

「なにかあったの」

とヨシ子さんに訊くと、

「診療所の先生が、以前渡した薬をかえせって言うのよ。前に渡した薬が発売禁止になったので、使っちゃいけないって。その薬は、もう十年以上使ってきたんですよ」

ヨシ子さんと話しているのを聞いて、

「それで脳がバカになってしまったのかね」

と、そこにいたノブちゃんが眉《まゆ》をひそめた。

ノブちゃんは、

「植物状態になって死ぬのはやだな。無駄な延命は体裁がよくない」

と、言った。

ぼくの主治医から尊厳死協会に入っておくのがよい、という話を聞いていた。そのことを話そうと思うが、ノブちゃんには、いまさらそんなことを言っても伝わるはずがない。しぶしぶとノブちゃんは七錠の薬を飲み、縁側のソファーで眠ってしまった。植物状態になっても延命希望する人たちがいる。九十歳代でも患者の本音は延命希望だという。

点滴拒否をした年寄りの患者でも、医者は説得して点滴をする。病気が治ってから患者は、「あのときは大人げないことを言ってすみませんでした」と反省するのがおちだという。

食卓の横にあるブリキの缶には飲み薬が入っている。ヨシ子さんが飲む薬はピンクの箱、ノブちゃんの薬はブルーの箱である。

ヨシ子さんの錠剤の袋の裏に、赤い油性ペンで、コレコレコレコレと書いてあった。コレステロールを下げる錠剤で、薬がばらばらになってもわかるように小さく書きこんでいるのだ。コレはコレステロールの略である。

その隣に緑色のパッケージの錠剤があり、血血血血と書きこんであるのでびっくりした。これは血圧を下げるコニール錠で、血圧が高いヨシ子さんは、十年以上この薬を飲みつづけている。

イイイイと書きつけられている薬は胃の粘膜を保護する錠剤で、精神を安定させる効用がある。

というような次第で、あとは風邪予防の漢方薬顆粒《かりゅう》にはカゼカゼカゼカゼとあり、息切れをおさえる漢方薬七種がある。以前かかっていた老医師は気前のいい先生で、胃薬、心臓薬、栄養剤など、ありったけの薬を処方してくれた。ブリキ缶のなかには、薬という薬があふれ返り、どの薬がなんに効くのか、わからなくなっていた。

ヨシ子さんの兄の文男さんが存命中は、わが家には、「富山の薬」みたいに、ありとあらゆる薬があった。半年ごとに山のように薬が送られてきて、下痢をしようが、風邪をひいて熱を出そうが、たいていの病気はそれで治った。

わが家は貧乏であったが、薬だけはたっぷりとあった。一家そろって薬をガリガリとかじって生きてきたのだった。その後遺症で、とりあえず、いろんな薬がないと不安になる。せんだって、先生が往診にきて、玄関のベルを押したとき、ヨシ子さんは、訪問販売の人だとかん違いして「どちらさまですか」と訊き返してしまった、という。

まったく、トンチンカンで困ったものだわ、と反省したヨシ子さんの話を聞いているのだが、突如、あんた、私のことを書いているんだって、と怒り出した。

人の俳句なんて書くのはやめて、自分の句にしなさいよ。もう、句帳は見せませんからね。

どうしてばれたか、というと、だれかが「ヨシ子さんのことを息子さんが書いてますよ」と、教えてしまったのだ。ヨシ子さんが「どうせあることないこと書いてるんでしょ」と言うと「それほどでもないです」と言ったらしい。

どうもうまくいかない。なにしろ史上最強のヨシ子さんですからね。

まあ、こうやって書いているわけだから、そのことがヨシ子さんにばれたってしかたがない、と思案しつつ、ヨシ子さんの句をもうひとつ紹介いたしましょう。

血圧の上がり下がりや日脚《ひあし》伸ぶ

秋の蚊

ノブちゃんは水曜から木曜日にかけて青柳園に一泊するようになった。この二日間だけはヨシ子さんはノブちゃんから解放される。ヨシ子さんは老人むけの童謡会が開かれる福祉会館へ出かけていった。童謡会は月二回ひらかれて、会費は三百円である。会館には八十歳以上の老人が七十名以上いた。四十二ページのガリ版刷り歌集が渡され、「大黒様」「きんたろう」「浦島太郎」など百二十曲収録されていた。

夕方、ヨシ子さんが童謡会から帰ってきた。

「声をあげると体調がよくなって、おなかがへったわ」

三十曲以上歌ったヨシ子さんの声はかすれている。

熱暑のため、家へ帰ってきたノブちゃんはぐんにゃりとソファーにもたれ、庭の萩の花を見ている。

ヨシ子さんが買ってきたサンドイッチを渡そうとすると、「いらない」とそっぽをむいた。ヨシ子さんがすすめても、首を横に振るばかりだ。青柳園で、なにかいやなことでもあったのだろうか。

夕暮れの庭へ出て花壇に水をまいた。ノブちゃんはホースのさきを持って、愉快そうに水をまいた。

ここでぼくの一句。

水撒きやホースくねって生きており

これは、野坂昭如さんが主催する『オール讀物』句会で天をとった自慢の一句である。野坂さんは、「六十五歳をすぎたら原稿の注文なんてこねえからな。おまえも覚悟しておけよ」と忠告してくれた。

蚊が寄ってくる。小さな藪蚊《やぶか》が、ふくらはぎや爪《つめ》のあたりを刺す。ノブちゃんは、自分の足にホースで水をかけた。勢いあまって、半ズボンの前までがびしょ濡れになった。

この様子を見たヨシ子さんが、虫よけスプレーを持ってきて、ノブちゃんの手足にかけた。首すじから背中にかけて、シューシューシュー。やたらと蚊が多く、市のシルバー人材センターに頼んで雑草を駆除するのだが、地面から念仏のように湧いて蚊柱となる。カンナで削れば蚊柱のカンナくずがとれそうだ。そのうち、ヨシ子さんの足にも蚊がまとわりついたから、ホースの水を強くあてた。

縁側から家の中へ走りこんで風呂場へ行き、水道の水をかけて右足の指の爪で左足のふくらはぎを掻《か》いた。蚊は、腹がまっかにふくらむまで人の血を吸うから、手で叩くと血がべったりと出る。ノブちゃんとぼくはヘビースモーカーだったから、ヨシ子さんのほうが蚊に襲われる。漱石の句に「叩かれて昼の蚊を吐く木魚《もくぎょ》かな」がある。やぶ蚊の襲来でひと騒動あり、ヨシ子さんは、ふくらはぎにメンタムを塗りながら、

秋の蚊はわがO型の血を好み　ヨシ子

とつぶやいた。ヨシ子さんはO型、ぼくもO型。ノブちゃんはA型。部屋の暗がりを見つめていたヨシ子さんの目が忍者みたいにギラリと光った。なにかを見つけたらしい。

秋の蚊のぶーんとわれに囁《ささや》けり　ヨシ子

ということでした。

カーキ色の軍帽

　ノブちゃんが大切にしているものがいくつかある。ひとつは錆《さ》びた空き缶である。赤い錆び色を通りこして黒く変色している。これは、顎の髭をそる剃刀《かみそり》を入れるのに使っている。

「こんな古いの、なんで捨てないの」

　と訊くと、

「五十年使っているんだ。捨てたら許さんぞ」

　と睨みつけられた。物資が不足していた時代の代用品だ。

　戦地から持ち帰った飯盒《はんごう》は、へこんで底に黒こげがついている。二等兵として従軍したときから、肌身離さず持ち歩いてきた。頑丈なつくりで、ぼくは小学生のころ、キャンプの飯盒炊爨《すいさん》で、これを使った。戦地でかぶっていたカーキ色の布製軍帽は六年間の汗がしみついている。ヨシ子さんの句に、

虫干しは夫の手縫ひの戦闘帽

がある。

もうひとつは屏風《びょうぶ》仕立ての山水画で、ノブちゃんの父、学《まなぶ》さん筆になる漢詩が入っている。祖父は、兜町《かぶとちょう》で証券会社を経営していたが、倒産して、失意のなかでこの漢詩を書き残した。学さんのことは詳しく話したがらないから、悲惨な晩年と察せられる。兜町の相場師で、儲《もう》けたときは中野区高根町《たかねちょう》に豪壮な邸宅を造り、車夫までいた。

どこの一族にもありそうな没落物語だが、ぼくの家もそのひとつだった。

ノブちゃんは復員すると、ヨシ子さんと五歳のぼくを連れて藤沢《ふじさわ》の長屋へ越し、裸一貫で生きてきた。東京多摩地区にある国立市へ来たのは、ぼくが小学校二年のときであった。

ノブちゃんは要介護1に認定されていた。要介護1は立ちあがりや歩行が不安定で、排泄、入浴などに一部介助が必要な人である。

ノブちゃんは、ほとんど食事をしなくなった。腸が弱まって、大便が出にくくなり、流動食しか食べない。下剤の量をふやすと、ようやく二日ぶりの大便が出る。ヨシ子さんが、

「お父さんは要介護2じゃないかしら」

と首をひねった。

「じゃ、申請しましょうよ」

うなずいたものの、申請書類に記入するのがやたらと難しい。どうにか申請手続きがすむと、中年の調査員が家にきて、調査票にいろいろと書きこんでいく。日常生活の様子を七十三項目、医療面が十二項目あって、取り調べを受けているようだ。調査員がくる直前にヨシ子さんが、

「あなた、できるだけ、悪くふるまうのよ。そうじゃないと認定してくれないから」

と念押しした。ノブちゃんは、「ああ」とうなずいて、調査員の前で、舌をベロベロベローと震わせてみせた。これは、ノブちゃんがお得意の「アホのふり」である。

ぼくが小学生のころ、酔っぱらったノブちゃんは、「本を読む子」と「本を読まない子」が、将来どうなるか、を実演してくれた。

「本を読む子」は立派な大人になり、ノブちゃんは胸をはって、天井を見あげて、賢そうな顔をした。つぎに「本を読まない子」の番になると、舌をベロベロと出し、目玉をひっくりかえし、タコ踊りみたいになった。さらに悪のりして、髪をもじゃもじゃにくずして、口からよだれを出して畳に倒れこみ、両手両足をゴキブリのようにばたつかせた。

「マンガばかり読んでる子はどうなんの」

と弟が訊くと、両手を頭に載せてはねてから、棒みたいにストーンと倒れ、足で自分の頭を叩いた。ノブちゃんは、それを「子の教育のため」と思っていたらしい。

五十年以上前の、ノブちゃんの「アホのふり」がはじまった。

調査員が、

「お名前は？」

と訊くと、ノブちゃんは、しばらく声を出さず、あうあうと唸ってから、思い出すふりをして、

「ノブタン」

とだけ答えた。

「まじめに答えて下さいね」

介護保険サービス調査票を持った調査員がむっとした顔で言った。

「おとしは？」

「と、と、としは、忘れた。あ、百歳か」

ヨシ子さんが代って、

「八十六歳でしょ」

と答えると、ノブちゃんは「そうかもしれません」とうなずいた。

「食事はおひとりでできますか」

「食べない」

「トイレはどうですか」

「いかない」

「お風呂《ふろ》はひとりで入りますか」

「入らない」

「お散歩へ出かけますか」

「わからない」

ノブちゃんは、要介護2と認定してもらうために、それなりに努力をしているようでした。目はトローンと力がなく、肩の力を抜いている。

医療面についての質問には、目を閉じて眠ってしまい、代ってヨシ子さんが答えた。

調査員があきれた顔をして帰っていくと、眠っていたノブちゃんが起き出してきて、

「あれでよかったかね」

と訊いた。

このあと二次判定がある。今の調査と主治医の意見書をコンピュータにいれて、さらに

審査する。

ノブちゃんの審査結果が出た。

要介護2であった。

これは立ちあがりや歩行が自分では困難で、かつ、排泄、入浴などの介助が必要という認定である。ノブちゃんは得意そうであった。うまくいったので、ヨシ子さんは得意のおでんを作った。三人でビールを飲んで要介護2獲得記念宴会となった。そのときの感慨をヨシ子さんは句誌『カリヨン』に三句掲載しました。

夫《つま》八十路《やそじ》われも八十路の秋深し
煮えゆれて家中巡るおでんの香
惚《ぼ》けくらべ夫《つま》には負くるそぞろ寒

青柳園に三日間泊って、自宅に帰ってきたノブちゃんは、朝刊にくまなく目を通す。新聞社に勤めてきた習性で、読みかたに癖があった。椅子に坐って新聞を開くしぐさが、調べものをしている感じだ。インクの匂いを嗅《か》いでから、バリバリと音をさせてめくって、全体に目を通す。第一面に戻って見出しを見て、下にある本の広告を、虫眼鏡《むしめがね》で見る。三段の広告を八つに区分したのを、三段八ツ割り、略してサンヤツという。活字だけで組んだ本の広告で、職人の仕事である。ノブちゃんは四十歳のとき『三八傑作集《サンヤツ》』という本を出し、「三八の達人」と言われていた。三八の一番右はしにある書籍広告は、目立つ場所だから、老舗《しにせ》の有力版元がおさえている。虫眼鏡をあてて、本のタイトルを一文字ずつ読みあげる。

新聞を読み終えると、亡くなった友人の名を、ひとりずつあげていった。その友人たちはぼくが小学生のころから知っている人たちで、家へ遊びにくると気前がよくて、帰りぎわに小遣いをくれた。

ノブちゃんは、友人と会うときは、楽しそうに酒を飲み、好き勝手を言いあっていた。なかでも親しかったのはキンちゃんで、キンちゃん、ノブちゃんと呼び合う仲だった。

ノブちゃんは、十二畳の応接間にベッドを運んで寝室としていた。応接間は、ノブちゃんの書斎を兼ねていて、オーディオセットや造りつけの棚があり、壁にはマティスのリトグラフや、美術展のポスターが貼られていた。棚にはスペイン陶器だのアンティーク壺が置かれ、観葉植物の鉢と花入れがあり、部屋の中央にはソファーとガラスのテーブルがあった。

ガラスの引き戸の外は小庭で、花壇の花々が咲いていた。美術館の喫茶店を思わせる洒落《しゃれ》た部屋であったのに、ソファーをどかしてヨシ子さんとノブちゃんのベッドを二つ入れると、病院みたいになった。

部屋の天井の電灯に長い紐をくくりつけて、ベッドで寝たまま点灯できるようにした。美術品のたぐいは納戸にしまい、タオルだのおむつだのが山となって積まれている。

紙おむつを眠る前につける。

ヨシ子さんにおむつの句がある。

春風に襁褓《むつき》の波の白さかな

干したおむつが春風に乗って、白波のようにはためいている風情。

ノブちゃんのセンスで念入りにつくられた部屋は、無残に散らかって原型をとどめていない。書斎に並んでいた美術書は、隣の書庫に移し、新聞やティッシュや薬の置き場に変った。ノブちゃん自慢のオーディオセットは埃《ほこり》をかぶり、小さなラジカセが置いてあった。

夜になるとラジオの音を大きくして、急に起きあがって部屋じゅう這《は》い廻り、スペイン陶器がないと捜し廻ったりするから、ヨシ子さんも目をさましてしまう。

「眠りながら、軍隊時代のことを大声で話すの。銃弾は前から飛んでくるだけじゃないぞって言ってる。敗軍となって退却したとき、軍の隊長をおどかしてるらしいの」

ヨシ子さんは消耗しきっていた。

「このあいだ、新聞紙を食べちゃったのよ」

とヨシ子さんがあきれて言った。口をもぐもぐ動かしているから、口をあけさせたら、新聞紙が出てきた。ヤギも紙を食べるんだから、人間だって食べられると言った。白鬚《しろひげ》をはやしたノブちゃんの顔はヤギに似てきた。

「それに、この部屋で煙草を吸うでしょ、寝室では吸わなかったのに。きのうは煙草の火が新聞紙に引火して、火事をおこしそうになった」

電話が鳴った。受話器をとったヨシ子さんの顔が青ざめた。声が低くなり、はい、はい、とくりかえすばかりだ。

「キンちゃん、脳梗塞《のうこうそく》でお亡くなりになったんですって」

キンちゃんとわが家は親戚《しんせき》のようなつきあいをしていた。

「あいつ、死んだのか」

ノブちゃんは肩を震わせた。

「葬式へ行かなくちゃいけない」

「無理ですよ。葬儀場は遠くなんですから」

「そういうわけにはいかん。すぐ喪服を出せ」

「あなた、要介護2ですよ」

「うるさい」

ノブちゃんはヨシ子さんをつき飛ばし、ヨシ子さんはドーンと倒れて、うずくまった。ぼくは、あわてて冷えたタオルをヨシ子さんの頭にあてた。後頭部が箪笥《たんす》にあたったら大ケガをするところだった。

ノブちゃんは、空《うつ》ろな目をしたまま、坐っている。小便をもらしてズボンの前が湿っていた。

ヨシ子さんは、よろりと立ちあがって、頭をさすっていたが、ノブちゃんの替えズボンを持ってきた。濡れたズボンを脱がそうとすると、腹をおさえて暴れた。

ノブちゃんは濡れたままのズボンで縁側まで這っていき、西方へむかって手をあわせて、泣いていた。

西日がノブちゃんにあたって、畳に長い影を落としている。

この日から、ノブちゃんは口をきかなくなり、寝室で暴れるようになった。自宅介護の限界がきた。ケアマネージャーと相談して、青柳園の老人介護室に入ることになった。ぼくのほか、弟ふたりが順番に青柳園の二階個室へ行って、ノブちゃんを見守るようにした。入園にあたって、衣類、下着、靴下、眼鏡、洗面道具などを大きな鞄《かばん》につめた。外国旅行に出かけるようないでたちだ。服や下着などには、すべて名前を書きこんだ。

ノブちゃんが入るのは個室で、テレビやラジオの持ちこみはいいが、イヤホーンで聴く。ヨシ子さんは青柳園へ出かけて、お正月の三日間だけ、ノブちゃんを家へ連れ戻す、という約束をとりつけてきた。

お正月の養護老人ホームでは事件が多いらしい。寮母さんが家に帰るし、施設長も休みをとり、代りの人がくる。馴《な》れていないから、対応がよくできない。

大晦日《おおみそか》の午後、ノブちゃんを連れ戻しにいった。

家に帰る、と知っても、ノブちゃんは、こちらが予想したほど、嬉《うれ》しそうな顔をしなかった。用意したオーバーを着て、昔から使っていたボルサリーノの帽子をかぶって、ぼんやりと家に帰ってきた。

家へ着くなり、ズボンの前が湿った。小便を漏らしたのだ。ヨシ子さんは、この日のために用意したフラノのズボンを脱がせて、

「お風呂に入れてあげて」

とぼくに言った。古ぼけたタイルが貼られた旧型の浴槽には、満々と湯が張られていた。ノブちゃんを抱きかかえて風呂に入った。

父親を風呂に入れるのは、はじめての経験であった。かつてぼくの頭を電気スタンドで殴りつけたノブちゃんの腕は、枯枝のように細く、皮膚がたるんでいた。ぶ厚かった胸も皺《しわ》が波うっている。身長は幾分縮んでいるように見えた。

「すべらないように、ゆっくりと……」

と声をかけると、

「わかっておるよ。赤ん坊じゃねえんだ」

と答えた。

浴槽にふたりは入れないため、浴槽の外から、ごしごしと洗った。つぎに、タオルにボ

ディシャンプーをふくませて、腕を洗った。ノブちゃんはきゅうくつそうな顔をして、

「湯が熱い」

と文句を言った。

「頭はどうしますか」

「湯から出てシャワーで洗う」

そう言うと、目を閉じて、気持よさそうに手足を動かし、

「やはりうちの湯はいいな。ちょっと窓を開けろ。外を見る」

と言った。

狭い浴室はもうもうと湯気がたちこめ、ガラス窓から水滴が落ちている。窓を開けると寒い風が入ってきた。

垣根の満天星《どうだん》の枝にメジロのつがいが止まっていた。アオキが赤い実をつけ、葉にうっすらと雪が積もっている。いつのまにか粉雪が降りはじめていた。

背中を洗い、下腹部は自分で洗ってもらった。脱衣所では、バスタオルを持ったヨシ子さんが待っている。

軀を拭《ふ》くときは、まず顔、つぎに頭と背中、腹、膝と足の順にいく。

パジャマに着がえ、ガウンをはおったノブちゃんは、座椅子に背をもたせかけて、缶ビ

ールをうまそうに飲んだ。

そばを食べて、ＮＨＫテレビの紅白歌合戦を見ながらノブちゃんは眠ってしまった。

このまま朝まで眠ってくれれば楽なのだが、夜中の一時に目を覚まして、また、おむつをとりかえた。おむつをとりかえるところは、孫たちには見せられない。

ひさしぶりに会った孫たちは、茶の間で、きゃあきゃあ笑いながら、テレビのバラエティ番組を見ている。応接間に置かれたベッドの上で、ノブちゃんは、ぽつねんと天井をながめていた。ノブちゃんが壮年期に建てた家である。ガラス窓からは雨がしみこみ、天井には雨の縞模様《しまもよう》がついている。


五泊六日の自宅滞在が終って、ノブちゃんは青柳園に帰っていった。家にいるとき、ノブちゃんは、ほぼ半日は眠っていた。雑煮のもちが喉にひっかかることもなかった。変ったのは、以前ほど威張らなくなったことだ。気力がなえて、ちょっとしたことで、

「申しわけない」

と言う。

「いいのよ。ここはお父さんの家なんですから。いちいち気にしなくてもいいの」

とヨシ子さんが力づけると、

「ああ」

と弱々しくうなずいた。

嬉しそうだったのは、正月の新聞がぶ厚かったことだ。ヨシ子さんは朝日新聞の無料購読券を貰っていた。ノブちゃんのもとへも三十通ほどの年賀状がきて、それも得意そうだった。しかし、賀状の相手がだれであるかは、自分ではわからない。三十通の年賀状は、眼鏡店、ゴルフ場、帽子店、薬屋、老人用衣料店、デパート、通販会社からのものばかりで、個人名は三通のみだ。ノブちゃんの友人は、ほとんど没している。

ノブちゃんが滞在中のわが家は、静かなものであった。大晦日の夜は賑わったものの、あとは訪れる人もなく、ヨシ子さんは不眠不休状態で、風邪《かぜ》をひいて、げっそりとやつれてしまった。

一月九日、ヨシ子さんは八十三歳の誕生日を迎え、ようやく風邪が治った。

スーパー・マーツー（ぼくの妻）のユキ子さんが、国立劇場の歌舞伎《かぶき》「小春穏沖津白浪《こはるなぎおきつしらなみ》」の切符を二枚買った。河竹黙阿弥《かわたけもくあみ》の通し狂言で、尾上菊五郎《おのえきくごろう》演じる狐《きつね》の妖術使いが出てくる。

ヨシ子さんは、この芝居を観るのを楽しみにしていて、カレンダーの観劇の日に、赤鉛筆でマル印をつけていた。

　風邪をひいたときは、はたして観劇日までに治るだろうか、と不安だった。それが観劇日にあわせるようにピタリと咳《せき》がとまり、熱も下がった。

「菊五郎を観たいと思う気持で、治ってしまったんだねえ」

「薬より菊五郎のほうが効くんだ」

「そういうことよね」

　ヨシ子さんは、ユキ子さんと一緒にタクシーに乗って、上機嫌で出かけていった。

　この日は、急死した友人の葬儀があった。増上寺で行われた盛大な葬儀で、千人以上の参列者があった。ぼくは弔辞を読んだ。三人の友人が弔辞を読み、ぼくが最後だった。

　ぼくが、葬儀から帰ると、ヨシ子さんは、疲れたのかグースカといびきをかいて寝ていた。コタツの上に、

　　観劇は赤まる印初暦　　ヨシ子

と書かれたワラ半紙がぽつんと置かれていた。

三月にノブちゃんの容態が悪化した。

青柳園へ行くと、ケアワーカーが、

「ここ三日間は、水しか飲まないんです……」

と、困りはてた顔で言った。

「お父さん、このままだと病院に入らなきゃいけなくなるわよ」

ヨシ子さんは冷蔵庫を開けて、各種の栄養をミックスした缶詰のスープをとり出し、コップに入れて、

「水のかわりに、これを飲んでよ」

と差し出した。ぼくは薬局から買ってきたビタミンCの錠剤三粒を手渡した。

「ああ、飲めばいいんだろ」

ノブちゃんは、素直に、ビタミンCとスープをゆっくりと飲みこんで、空いたコップをテーブルの上に置いた。

その一週間後に、ノブちゃんは救急車で都立府中病院へ運ばれた。

都立府中病院は、完全看護の病院で、ノブちゃんが入った病棟は、生死のはざまにいる患者ばかりだから、三途《さんず》の河の渡し場なのだ。

そのうち、ヨシ子さんが疲労で倒れた。それまで気を張っていたのが、「ひとまず安心」

とわかって、寝込んでしまった。

弟たちが駆けつけてきた。

深夜二時、なかば廃園となった庭に出ると、おぼろ月が上空に浮いていた。ノブちゃんの三年前の句、

月おぼろ芝生のなかに椅子《いす》ひとつ　仙人

を、思い出した。

白ペンキを塗った鉄の椅子は赤く錆びついている。

椅子に腰をおろして溶けていく月をみつめた。


ノブちゃんは腕に刺された点滴の注射針を、たびたび、自分で抜きとってしまう。首すじから胃に入ったビニールのチューブも引き抜こうとするのだった。

ぼくが病室を出て、電話をかけにいったあいだに、点滴の針を引き抜いた。病室に戻ると、点滴のさきがぶら下がり、床に、溶液が落ちていた。

ノブちゃんの句を思い出した。

雨だれのてんてんてんと日の長き　仙人

ノブちゃんの自慢の句で、自筆短冊がある。春雨がブリキの樋《とい》にたまって、てんてんてんと水音をたてている情景だ。貧乏家屋の風情《ふぜい》だが、「てんてんてん」という音はわが家の伝統音楽のリズムで、樋が壊れて、雨水がうまく流れず、コンクリートの三和土《たたき》に落ちてくる。樋を修理しなければいけない、と思案しながらこの句を作った。

庭のネコヤナギが銀色の穂をつけた。ネコヤナギの木は家を建てる前からはえていた。五十年前は、ぼくの背と同じぐらいだったのが、いつのまにか三メートルほどの高さになっていた。枝さきの芽の近くに猫の尻尾《しっぽ》のようなふさふさの花穂が光っている。春を告げるネコヤナギの穂は、ノブちゃんが気にいっていて、

わが庭に春にさきがけ猫柳　仙人

の句がある。

「お父さんの病室へネコヤナギの穂を持っていってあげましょうよ。今日は、お父さんの誕生日ですよ」

とヨシ子さんが言った。

そうか。入院さわぎで、すっかり忘れていた。三月二十五日で、ノブちゃんは八十七歳になる。

庭に出て、ネコヤナギの枝を三本折り取った。葉はまだ出ていない。

楕円形《だえんけい》の花穂は、小さな命を銀色で包みこんでいるように見える。

「お誕生日ケーキはどうしましょうか」

「そんなものは食べられないよ」

「でも、ヨーグルトやジュースは飲めるようになったのよ。ケーキに見たてた小さいものにすればいいのよ」

「形だけね。じゃ、草餅《くさもち》はどうですか」

「草餅はだめよ。青柳園で草餅アレルギーになってしまったから」

「なら、桜餅にしたら」

それがいい、ときまって、買い置きの桜餅の葉に、蛍光ペンで小さく「ハッピー・バースデイ」と書きこんだ。

ノブちゃんは水を飲むことができるようになった。会話もできるまでに回復した。医者が驚いて、「たいした生命力だ」とほめた。

ネコヤナギを持って病室に入ると、ノブちゃんはベッドからむっくりと身をおこした。ベッドの頭部を上にあげて、もたれかかる姿勢になり、しばらく、ネコヤナギの穂を見つめていた。

桜餅を窓ぎわに飾ると、

「さわらせろ」

と、ヨシ子さんに言った。

ノブちゃんは、痩《や》せた手で桜餅をつまみ、皮をさすったり押したりしながら、「いい匂《にお》いだなあ」とかいでいる。

ネコヤナギの花穂は、小さな花瓶に活《い》けた。

救急車で運ばれて、すでに一カ月がたっていた。病院の窓の外では、桜が咲きはじめた。

ノブちゃんは四月三日に眠るように他界した。

死亡診断書の直接死因は、肺炎であった。

遺体は地下の霊安室へ運ばれ、その日のうちに自宅へ戻った。

庭に面した十畳の和室に蒲団《ふとん》を敷き、白布で包んでノブちゃんの遺体を北枕にして寝かせた。枕元に線香と花を置いた。弟とその家族がつめかけた。

葬儀社がきて、打ちあわせをはじめる。通夜は翌々日の四月五日十八時より、立川市のSセレモニーホールで行う。告別式は四月六日十二時より。一時出棺ときまった。

火葬場手配、霊柩車《れいきゅうしゃ》、マイクロバス二台、清め塩つき礼状五百枚、額リボン写真、寺手配、喪章、受付係、焼香台セット、枕ダンゴ六個、自家用車手配、生花、通夜料理手配、返礼品、後飾り一式、仏菓子、斎場使用料、ときめられていく。

新聞社から電話がかかり、死亡記事を掲載するという。

大正二年生まれ。元多摩美術大学教授、享年八十七、死因は肺炎、通夜と告別式の日どりを記した八行ほどの死亡記事である。


ノートに記されたヨシ子さんの追悼句です。

花のもと散るを待たずに逝かれけり（初七日）
喪心に活けし桜の散り初むる（初七日）

菜の花を好みし夫の遺影かな（初七日）
薫風に夫の墓石新しき（四十九日法要）
泣くまじと雨のあぢさゐ首上ぐる（五月）
巣鳥鳴く墓参の水を汲みをれば（六月）
夏菊や香消ゆるまで墓の辺に（新盆）
名月の夜ぞ彼の人は無言なる（秋の彼岸）
菊の香のそひ来る思ひ菊に立つ（秋の彼岸）

新盆の夕方、ノブちゃんの書斎に西日がさしこんでいた。窓には西日よけの簾《すだれ》がとりつけられたままになっている。

風が吹いた。

庭に水をまくヨシ子さんの後ろ姿が黒い影となり、ノブちゃんの記憶と重なった。ノブちゃんがいる冥途《めいど》にも西日がさしこむんだろうか。ぼくは、

西日さすそちらも風が吹きますか　　光三郎

と、手帳にかきつけた。

第二章　ヨシ子さん、八十代の日々

影なき夫

ノブちゃんが八十七歳で他界した平成十二年（二〇〇〇）、ヨシ子さんは八十三歳であった。「これから私はどうしたらいいのかしら」と訊かれたが、なんと返事をしたらいいのかわからない。このまま生きていくしかないでしょう、と言うと「思い出のなかに生きるしかないわ」といって、

木犀《もくせい》や古《ふ》りし思ひ出あらたにす

という句を示した。

庭に木犀の古木があり、花の香りがオンボロ家屋を包みこんでいる。東京のはずれの国立の家は、廃屋のたたずまいだが、周囲の家々に囲まれた「秘密の花園」がある。その花園がヨシ子さんの俳句を生む。この句はヨシ子さんが同人となっている句誌『カリヨン』

に掲載されて、主宰する市村究一郎先生にほめられた。市村先生が「この句は思い出を思い出しており、新たな思い出と重なってゆく。若い人には思い出の重層はないでしょう」と評した。この評を読んで、ヨシ子さんは生気をとり戻したようだった。耳が遠くなり、足腰は弱り、ふんわりふわふわと漂うように生きているのだが、そこに細い一本の透明なバネが入った。

ヨシ子さんが生きていく念力は俳句を詠むからで、句誌『カリヨン』に毎月投句している。俳句を詠むからボケずにすんでいるのか、ボケないから俳句を詠めるのか、そのへんの因果関係はわからぬが、ヨシ子さんの句を読むと「いまなにを考えているのか」の察しがつく。

句稿は新聞にはさみこまれた広告のちらしの裏にボールペンで書き、「これはどうかね」と訊いてくる。ぼくはひとり暮らしのヨシ子さんの家の二階で原稿を書くことが多く、一階へ下りたところでつかまる。ヨシ子さんの地曳き網にかかる。

それで、一緒に推敲して◎○△の印をつけて、「ここんとこは直したほうがいいんじゃないか」と相談にのる。といったってぼくが書き改めることはなく、意見をいうにとどめるのだが、翌日になると、見違えるばかりのいい句になっている。

わが家は朝寝ぼうの家系で、夜には強いが朝が弱い。深夜〇時になっても、こうこうと電灯がついていて、泥棒のつけいるすきがない。酔っ払って終電車に乗って帰宅すると、ノブちゃんは毎晩のようにBSテレビやWOWOWの深夜映画を見ていた。

早起きして三文の徳をしたって、どうってことはねえや、夜ふかしは三本の徳だあ、といってノブちゃんは冷蔵庫より缶ビールをとり出して「飲め飲め」とすすめた。夜ふかしほど楽しいことはなく、快楽の極みである。

没する二年前、ノブちゃんは、こんなのができたぞ、と言って、暦の裏に筆ペンで書いた句を見せた。

　朝寝坊する子に将来あるやなし

うまい句ですねえ、とほめた。朝寝する子に将来なんてありゃしませんよ。これは弟のマコチンか炭焼き造園家のススムのことでしょう、と訊くと、

「おまえだよ」

と言われた。

ヨシ子さんの一週間前の句に、

はた眼には羨《うらやま》しとも朝寝ぐせ

がある。

ヨシ子さんの日常は①朝寝ぼう、②遅い朝食、③新聞をとる、④新聞を読む、⑤仏壇への献花、⑥ヘルパーさんおむかえ、⑦ヘルパーさんお帰り、⑧夕食（弁当）、⑨作句、⑩長電話、⑪薬を飲む、⑫宅配される生協の注文票への記入、⑬冷凍ごはんのパックづめ（一度に五食分）、⑭テレビ歌舞伎鑑賞、⑮蚊退治、⑯入浴、⑰ＮＨＫラジオ深夜便をききつつ睡眠、といったところである。ここに、ときどき散歩、花壇の水やり、散る花の掃除が入る。

朝が遅いので、なかなか朝顔の咲きたてを見ることができない。

ところが、一念発起して朝七時ぐらいに起き、雨戸を開けて見るようになった。雨戸をちょっと開けて朝顔を見てから、また眠るらしい。二度寝である。よく観察すると、昼間も三回ぐらい眠っている。暑すぎるからといって眠り、散歩で疲れては眠り、生協の注文票へシルシをつけてから眠る。一日に五度寝はしており、「よく寝る婆さんは育つ」のである。

そうはいってもヨシ子さんは、ひとりぽつねんとしていることが多くなった。ノブちゃんがいなくなって、家族五人が暮らしていた家でひとりっきりになった。木犀の花の香りにつつまれて昔を思い出しながら、同じ夢ばかり見るという。夜、目が覚めると家にだれも人がいない、という淋《さび》しさは「あなたなんかにはわかりませんよ」と言われた。ノブちゃんが入院したときも「老人のことは老人にしかわからないわよ」と強い口調で言われた。おだやかな性格の奥に、激しい気性がちらりと見える。これにはノブちゃんも手を焼いたことだろうと、そのときになってノブちゃんの心情がわかった。男三兄弟は母親になついて父を敬遠する。

秋夜覚めきのふと同じこと思ふ
虫の音に囲まれし家古《ふ》りにけり

いずれも『カリヨン』に掲載されたヨシ子さんの句である。ヨシ子さんは「古リ」「古ル」という言葉を好む。「古ル」は芭蕉の「古池や……」の句と同じく「降ル」「経ル」（時間がたつ）という意味が掛けてあるらしい。ヨシ子さんは、明るくふるまいつつも、深い静かな孤独のなかにいるようだった。

そして、

秋風や四時間おきに飲むくすり　　ヨシ子

枯菊となりたる鉢の置きどころ　　ヨシ子

という心境になる。菊の鉢は、ヨシ子さんを訪れるともだちが届けてくれた。

ノブちゃんの書斎があった部屋の外の棚には、梅・松・欅《けやき》の盆栽鉢が並んでいた。それらの鉢は、ノブちゃんが介護施設に入ったころから少しずつ枯れていった。わずかに梅の盆栽が花を咲かせたものの、いくら水をやっても、生気を失い、主《あるじ》を失った盆栽は殉死するように枯れていくのだった。菊鉢もあでやかな紫色に咲ききったあとは、枯れはて、茶褐色の残骸が残った。

四十九日法要、百日忌が過ぎ、新年を迎えると、ヨシ子さんは少しずつ再生していくようであった。大晦日の夜は賢弟マコチン一家、炭焼き造園家ススム一家がやってきて、年越しそばを打って、食べた。

年をこすと、仏壇のある十畳間の床の間に、

影のなき夫の書斎に初日影　　ヨシ子

と書かれた小さな短冊が掛けてあった。

プレスタウン・ストーリー

国立《くにたち》へ越してきたのは小学校二年のときで、ススキがおい繁る原っぱにオンボロ住宅が建っていた。イタチが棲む武蔵野原野を造成した土地で、家の天井板には地下足袋のあとがついていた。

そのころ新聞協会が、東京のはずれの国立に六千坪の土地を持っていて、そこに五十軒の粗末なアバラヤを建てた。電気は通じるが水道は通じてない。空襲で家を焼かれた新聞社（朝・毎・読）社員が住み、プレスタウンと名づけた。

ぼくの家は朝日のブロックでプレスタウン37号だった。近所に住むのは酒ぐせの悪い新聞記者ばかりで、小中学校の同級生宮本貢《みつぐ》ちゃんの父は社会部長だった。貢ちゃんも朝日新聞社に入社し、『週刊朝日』や『朝日ジャーナル』の名記者として活躍した。

貢ちゃんとは、たまに神楽坂の居酒屋で会うことがあり、いつだったか、「プレスタウン物語」を書きたまえよ、といわれた。

いまや、プレスタウンに住んでいた新聞屋はすべて没して、その家族もほとんどが引っ越してしまった。

プレスタウンに越してきたのは、ノブちゃんが復員してから三年めで、それまでは藤沢の三軒長屋暮らしだった。外灯はなく、夜はマックラで、暗闇から化け物が出そうで怖くなった。

梅雨になると雨漏りがした。たらいや洗面器をそこらじゅうに置くと、テンテンテンと水滴の音がして、雨の音楽会となった。

日曜日の午後、ちゃぶ台を囲んで昼食を食べているうち、雨が強くなり、おかずの上に雨水が落ちてきた。とっさの思いつきで、傘をさしたら、ノブちゃんに、

「ふざけたまねをするんじゃない」

と怒鳴られた。

オンボロ住宅は床が抜けて、ガラス戸は壊れ、すきま風が吹きこみ、倒壊寸前となり、ぼくが中学校一年のときに新しく家を建てかえた。そのころ流行した文化住宅というもので、ノブちゃんの友人の建築家の田島さんが設計した。

広い玄関で、その奥にノブちゃんの書斎兼応接間を作った。細長い書庫や納戸や台所、

食堂、和室二部屋のほか風呂場があった。はじめて自宅に風呂が入った。ノブちゃんは自慢気に「これで雨漏りはしない」と胸を張った。嬉しかったのは、二階にぼく専用の個室を作ってくれたことで、建築雑誌が取材にやってきた。

机の上に教科書とノートを広げて、勉強できる子のふりをした姿が雑誌に掲載された。そのうち弟たちも「個室がほしい」といい出して、さらに二部屋を二階に増築した。

ノブちゃんは電気製品が好きで、書斎にステレオプレーヤーを置き、ドボルザークのレコードをかけ、文化人の顔をして聴いていた。テレビを買い、洗濯機を買い、ついでに、三兄弟呼び出しブザー装置をとりつけた。これは、一階の台所にある三つのボタンを押して、二階の各部屋にブーッブーッとブザーの音を鳴らす。

主として食事の合図で、友人から電話があったときや、朝寝して学校へ行くのが遅れそうになると鳴った。やたらと音が大きく、ブザーが鳴ると背中に電流が走った。

ノブちゃんは泥酔して帰ったときに「実験」と称して、ブザーを押した。子に個室を与えるとなにをしでかすか不安になり、ときどき、そうやって子を牽制《けんせい》した。

ブザーの音に誘われて下へ行くと、べつになんの用があるわけでもなくジロリと睨みつけるだけだ。文化人のくせに暴君だった。

雨の夜、友人から借りたエロ本を読んでいると、ブザーが鳴った。エロ絶頂のページだったので無視しているうち、ノブちゃんが部屋に入ってきた。エロ本を隠してノブちゃんを睨み返すと、「なんだ、その顔は、馬鹿野郎！」といいざま、電気スタンドで頭を殴られた。電球が割れてパチパチと青白い火花が散った。

わが家は、ヨシ子さん以外は男四人だから、ちょっとしたことで暴力ざたとなる。弟ふたりの格闘は蹴りが多く、異種格闘技大会となった。蹴り、突き、関節技と多彩だったが、ヨシ子さんはいっさい止めなかった。

ヨシ子さんの句に、

雛あられ男ばかりを育てけり

があり、これは、そういった状況を思い返しているのである。この句に関して男三人のうちだれかひとりが女になればよかったのだと弟たちと言いあいになった。弟ふたりに「アニキが女に生まれりゃよかったんだ」と言われたので、その気になって「あら、そーお」と軀をくねらせてしまった。

梅雨どきになると、家族全員が無口となり、ノブちゃんは口よりさきに手が出た。ノブちゃんと息子三人が入り乱れて、ドッタンバッタンと暴れているころが、わが家の絶頂期であった。

息子たちが結婚して家を出ると、二階の個室にはだれもいなくなった。

定年後に、ノブちゃんは美術大学教授を十年間務めた。白いアゴヒゲを生やした姿は、見ためは芸術家風情だが、ヨシ子さんに対しては、あいかわらずの暴君だった。

ぼくが四十二歳のとき、実家の土地の隅を譲りうけて、家を建てた。実家の二階にある空き部屋は、古本専用図書室となり、その一室で仕事をしていた。

ノブちゃんが没したあと、ヨシ子さんはひとりで暮らしているが、「雨漏りがする」という。築五十年の木造家屋は、屋根が傷み、二階の廊下沿いのガラス戸から雨が降りこみ、壁を伝って水滴が落ちてくる。

一階の和室の壁がしみだらけになった。木製の雨戸を閉めて、どうにか雨を防いだが、雨戸がつかえて動かなくなった。

屋根へ出て、雨戸をしまいこむのに三日かかった。天日にさらされて雨戸が乾くと、少し縮んでどうにか収まるのである。

大雨が降る日は、ガラス戸の下に十二、三本のタオルを敷きつめた。タオルをぐるぐると捩《ねじ》って、ガラス戸の下に押しこむ。三時間ぐらいでタオルはびしょ濡れとなり、バケツを持って二階へ行き、雨を吸ったタオルを絞った。

これをくり返すしか、手の打ちようがない。そのうち、「古本の重さで二階の床が抜けるんじゃないかしら」とヨシ子さんが心配するので、少しずつ古本を別の場所に移すようにした。古本は梅雨の匂いがする。

アルミサッシの雨戸をつけて修理しようか、とヨシ子さんに提案すると、「いまさら、こんなアバラヤは手の入れようがない。生きてるうちはこのままでいい」という。

庭さきを氏も素姓もない野良猫ニャアが歩いていく。

「お父さんが建てた家なんですから……」

ヨシ子さんはなかば廃屋と化したアバラヤへの思い入れがあり、へたに修繕されるのはいやなのだ。縁側の長椅子に坐って、ぼんやりと梅雨空を見ている。

そうこうするうち、バラバラッと雨が降ってきた。雨漏り対策本部長のぼくは二階へ駆けのぼり、ガラス戸の錠をかけなおし、タオルをびっしりとはめこんだ。それでも雨は降りつづけ、タオルの水を絞ったが防ぎきれない。

一階の十畳の和室にはノブちゃんの小さな仏壇がある。天井からポタポタ雨が漏ってきた。洗面器、たらい、バケツ、花瓶を総動員して部屋に置いた。

「なんだか昔を思い出すわねえ」

と、ヨシ子さんは懐かしみ、嬉しそうである。傘をさそうと思いついたが、仏壇のノブちゃんから、「ジタバタするな」と叱られそうで、やめたのだった。

プレスタウンという名称はいまでも国立で通用していて、駅からタクシーに乗ってプレスタウンといえば、ワンメーターで着く。

一軒あたり百十坪はあったが、土地が売りに出されると二分割か三分割されて、小さい家が建ち、昔の風情はなくなった。四分割された家もある。

そのころぼくは赤坂八丁目のマンションを仕事場としていたから、赤坂と国立を行ったりきたりしていた。赤坂から神楽坂へ移って十余年がたつが、隠れ家に身をひそめる企みは崩れ、ヨシ子さんの介護で国立にいる日々が多くなった。とくに台風の日が要注意だ。大型の台風がくるとヨシ子さんは雨戸ごと吹っとばされて、どこへ飛んでいくかわからない。

ヨシ子さんが呆けずにいるのは散歩をするからで、夕方になると手押し車につかまってプレスタウンを歩き廻る。一回三百メートルくらい歩くが、猛暑つづきで、しばらくは散歩に出かけなかった。すると、たちまち足腰が弱る。

そういうときに、溜息のように句が出る。

わが気力いづこに消えし菫《すみれ》咲く　　ヨシ子

こういった脱力系俳句を溜息句と名づけた。

家の中でも、三本足のついた杖をついている。居間の椅子に坐ってテレビを見ながら眠ってしまうので、床にころげ落ちそうになるが、あやうい均衡をたもってゆれている。

中庭の花壇に植えたアスターやおしろい花は台風で吹き散ってしまった。わずかに残った花に二匹の蝶《ちょう》が止まって羽がふれあう音がする。もつれあう蝶の羽音に耳をすました。

羽根が廻ったままの扇風機をぶらさげて台所へ行き、冷蔵庫からトコロテンを取り出してヨシ子さんと食べた。ヨシ子さんの故郷の静岡県中ノ町ではトコロテンの酢醤油に砂糖を入れる。子どものころからその味になれている。

ヨシ子さんと一緒に散歩に行くことにした。ヨシ子さんは白地に花柄の半そで服を着て関民《せきたみ》さんが作った帽子をかぶる。関民さんは彫刻家関頑亭《がんてい》先生の奥様で、国立に帽子工房を開設して、山口瞳さんからフーセン女史というニックネームをつけられた美人だった。

ガラガラと、手押し車を押してヨシ子さんは出発した。五歩進んで、地面の蟻《あり》を見ている。腰が曲がったので、歩きながら下しか見ることができない。ゴロゴロゴロ。最初の四つ角で止まって、前方を見あげた。コンドーさん宅に赤いグラジオラスの花が咲いている。バーナーの炎みたいに花弁が吹き出していた。ガラガラガラ。四つ辻《つじ》を左へ曲がると、胸に油蟬《あぶらぜみ》がぶつかってアスファルトの地面に落ちた。そのさきに落ちている蟬を見つけて、もうひとつ溜息句。

固まりし蟬の軀《からだ》を拾ひ持つ　　ヨシ子

白いムクゲの花が道路にくっきりと黒い影を落とす。ガラゴロガラ。ヨシ子さんの俳句友だちだったナガトウさんの家の前で、ふーっと息をつき、

「亡くなって五年たってしまった」

と、塀沿いのビワの木をながめた。

ナガトウさんの家では、玄関の柵からダイダイ色のノウゼンカズラが咲きのぼっていた。ナガトウさんの夫は毎日新聞の釣り記者だった。息子さんは賢弟マコチンと同級生で、いまは息子さん夫婦が住んでいる。ヨシ子さんはナガトウさんと連れだって洋服のバーゲンセールへ行き、同じ柄のシャツを着ていた。立ち止まってナガトウさんの庭の菊の花を見た。

ナガトウさんの家の奥の丘の上に古い洋館があり、夜がふけてもいつまでも灯がともっていた。その家の主がジャスパー・ジョーンズと仲のいい前衛画家・ウサミ・ケイジであることはあとで知ったが、子どもたちは「怪人二十面相の屋敷だよ」と噂しあった。昼間は門が閉ざされ、白いつるばらが庭一面にからまり、物音ひとつしない家であった。ウサミ氏が没したことは新聞記事で知った。洋館の丘の上を見て、「あっ」と声をあげ、「あー あ」と溜息が出た。丘の上には昼顔が咲いていたのに、いつのまにか刈り取られてしまった。

昼顔のいつ刈られしや丘の道　　ヨシ子

散歩をすると、呼吸するように溜息句がつぎつぎと出てくる。

ゴロゴロギギギー。ヨシ子さんが止まって、「あらスズキさんの家がなくなっちゃった」と言った。夫にさきだたれたスズキさんは長らく独身生活をしていて、ヨシ子さんと親しかった。スズキさんが他界すると、百坪余あった敷地は整地されて、分割され販売中の旗がたっていた。

そこからUターンして十二軒めはドーケンさんの家で、白髪のドーケンさんとヨシ子さんは国立《くにたち》長老俳句仲間だった。ドーケンさんは三年前に他界した。

ドーケンさんの庭にほおずきが赤い実をつけている。ほおずきに水をかけていたドーケンさんのお孫さんが「ヨシ子さんですか」と声をかけて、しばらく立ち話をした。補聴器を家に置いてきたので聴こえないはずだが「はいはい」とうなずいていた。

ガラゴロゴロ。団地へ入ると、小さな花壇にむらさきつゆ草が咲き、トンボが黄色い腹を光らせながら飛んだ。トンボをひさしぶりに見た。

近くにこんな団地があることを忘れていた。半分は空き屋だが、半分は人が住んでいる。砂場の近くにヒマワリが咲いている。夕方とはいえ、ヨシ子さんは日陰の下を進んで行く。公園のベンチに腰を下ろして少し休んだ。はりきって、いつもの倍以上歩いてしまった。散歩のコースはその日によって変わるが、うっかり遠くまで歩くと、あとで足がつって棒になる。公園では山吹の花が狂い咲きして、さるすべりの花が一面に散っている。

ヨイコラショ、と立ちあがって、また歩き出す。老人の散歩はイノチガケだ。道沿いの風物をながめればいいのだが、手押し車を使うので、移動中は道路ばかり見る。

無人の家にツタがからまっている。植物は獰猛《どうもう》である。人が住まなくなると、窓も屋根も頑丈なコンクリート壁もミルミル食い荒らしていく。廃屋の中で思い出が溶け、記憶は粉末となって散っていく。

新築のスペイン家屋風の家があって、豆腐を手に持ったおばさんが小走りに家へ入って道路の上に水をたらした。タラタララタラと水のあとがついている。

ヨシ子さんは念力だけで生きている。蚊が飛んできて、腕に止まったのをヨロヨロ、フラフラ、ピシャリと叩いた。

太陽は西に傾き、道の奥にマッカな夕焼け空が広がって、山火事みたい。西日が蜘蛛の巣の糸を照らして金色に輝かせ、ヨシ子さんの姿が手押し車ごと長い影となった。涼風が吹いてきて、樹々の葉がそよいだ。

プレスタウンのわが家の前にある一軒分の区画は集会所になっていた。百二十坪の敷地に無人家屋と体操用の鉄棒があった。

敷地は子どもたちの遊び場で、三軒となりの小学校の同級生、宮本貢ちゃんと相撲をとって上手投げでぶっとばされた。しゃくにさわって足をひっぱるうちにこんがらかって収拾がつかなくなり、それをヨシ子さんと貢ちゃんのお母さんが見物していた。貢ちゃんのお母さんはプレスタウンの三大音声と呼ばれたゴーケツで、「こりゃ、水をかけなきゃ離れないわ」と言った。それを、ヨシ子さんは、きのうのことのように覚えている。

貢ちゃんとの決闘があった翌日、集会所の広場にはプレスタウン中のお母さんがゾロゾロと集まってきた。みかん箱の上に白髪のシワクチャ顔のおばさんが乗り、婦人の地位向上の演説をしていた。

演説が終わると、みんないっせいに拍手をした。

貢ちゃんが「あのおばさんは市川房枝さんというウーマンリブのリーダーだぞ」と教えてくれた。なんだ、プレスタウンのお母さんは、うちも貢ちゃんちも、みんなウーマンリブなんだ、とわかった。

日曜日になると、集会所でオヤジ連中がむぎ茶を飲みながら会議をしていた。プレスタウンはもとは府中市の北部に属していたが、もよりの駅は国立駅なので、国立市（そのころは町）へ編入したいという署名を集めて請願していた。

しかし、府中には東芝をはじめ大企業が多く、競馬事業収入もあって財政が豊かだから、貧乏な国立町へ入るのは反対、という人もいた。結局は国立町へ編入されたが、下水と街灯の整備は遅れに遅れて、それから二十年かかった。貧しいけれども一橋大学や音楽大学がある文教地区の国立に編入したのだった。

プレスタウンのとなりにぎんぷうそう（吟風荘）という三千坪の森があった。栗《くり》や松や櫟《くぬぎ》が密集した森で、リスやタヌキがすんでいて暗がりには異界の気配があった。キジやフクロウや蛇もいたし、夏になるとカブト虫やクワガタがとれた。山の斜面に木造の無人一軒家屋があり、怖いけれどぞくぞくする森だった。

ぎんぷうそうの山の斜面を切りさくように多摩蘭坂《たまらんざか》がある。黒井千次の著作に『たまらん坂』という短篇小説集がある。忌野清志郎の歌にも「多摩蘭坂」があり、清志郎の命日には、いまも坂の中腹に献花がつまれる。清志郎が多摩蘭坂下のアパートに住んでいたときに作った歌だという。多摩蘭坂の中腹から、左にぎんぷうそうの森を見て、自転車で一気に下ると昔のプレスタウンになるが、いまは森のあとかたもない。

ヨシ子さんが憎むのはゲジゲジと蚊と蟻である。ゲジゲジは塀を這う蔦《つた》の中にすんでいるから、蔦をはがすと出てこなくなった。蟻はそこらじゅうから出てくるので防ぎようがない。

夏になると羽蟻が大量に発生して飛んでくる。うちわで叩いても叩いても家の中へ飛んできて、あお畳の上を這い廻る。

ヨシ子さんは、庭をじろりと睨んでいたが、バラの茎に蟻がよじ登っていくことに腹をたてた。

蟻はそれぞれの影をひきずって進んでいく。強い通り雨が降ると、雨水をはじいて黒光りしてくる。見わたせば、あちこちに蟻の穴があり、石畳の割れめからズルズル入っていく。その下も蟻の巣なのだ。

「熱湯を巣の穴にまいちゃおうか」

だけど婆さんが杖をついてヤカンを持ち歩くのは危険きわまりない。そのうち杖をついて庭に出て、蟻を突《つつ》きだした。蟻は土を蹴って走る。ヨシ子さんは蟻を突くのがうまい。

「蟻が歩く三歩さきを予測して突くのがコツです」

ヨシ子さんが剣豪になった。ヨロヨロとよろけながら、杖で蟻を突いていく姿は森の魔女という殺気がある。三匹突くと四匹、五匹突くと七匹、ときりがない。危なくて見ていられないが、これも運動のひとつと考えることにした。

逃げてゆく黒蟻を追ひ水をまき　　ヨシ子

なんでも句にしちゃう。

柿の木の下に油蟬の死骸が落ちていた。数十匹の蟻が油蟬を運んでいく。

「蟬を巣穴に持っていくんだね。ここで食べりゃあいいのに、どうして巣まで運ぶのかしら。巣の中でゆっくり食べるのかな」

蟬をどこまで運ぶのか、列のさきを追いかけた。

蟻に運ばれる蟬は、草の上を浮いていくように見える。あらま、蝶を運んできた一団もあった。蝶も蟻の列の上に浮かんでいる。

「巣穴に入れて、すぐ食べるのかな。あとでゆっくり食べるのかね」

「さあ、どうでしょうか」

「冬眠するときのため、保存しておくのかも、ね」

「よく、わかりません」

ヨシ子さんが長寿なのはよく食べるからである。肉も魚も野菜も食べるし、朝食用のブロッコリーやニンジンは前夜に煮て、冷蔵庫に入れておく。

「蟻の国っていうのは、地面の中でつながっているのか、どうか、よくわからないわねえ」

蟻よけスプレーを、バラの茎についている蟻に吹きつけた。蟻ははらはら土の上に落ち、素早く走っていく。ジグザグに走っては止まり、あらぬ方向へ向かっていく。

「あの蟻は、ほうっておいても死ぬわよ。なんか、かわいそうな気もする」

と同情しながら、

「転んで足の骨を折って入院したらおしまいだ」

と言って廊下から家の中へ上がってきた。鉢植えの朝顔の葉の上にも蟻がのぼっている。

世界最強の動物はアリクイだという。蟻は象やライオンやワニも食ってしまう最強の動物であるが、その蟻を食ってしまうのがアリクイだから、アリクイが世界最強だ、と夢《ゆめ》枕獏《まくらばく》が言っていた。

その話をヨシ子さんにしたいが、話したって通じそうもない。

「洗面所の床の下に水がもるんですよ。何度なおしても設計に不備があって、水がもる。そこに蟻の大群がいるから、蟻よけスプレーをまいて下さい」

と命じられて、洗面所の床の下にスプレーをシューシューまいたのだった。

プレスタウンの夏

あんまり暑い日がつづくと、かえって生きているありがたさに気がつく。生きているから暑いのだ。死んじゃったら、せっかく夏なのに暑いことがわからず、楽しくないでしょ。

小学生のころから夏が一番好きだった。だって夏休みがあるんだからね。就職して会社に勤めたときも、夏休みは海や山へ行って遊んでいたし、会社をやめてからも、夏休みはとる。

夜遊びを覚えたのは中学生の夏休みだった。半ズボンをはいて夜店をひやかしたり映画館へ行った。夏の夜は星が輝き、怪しい誘惑があった。ヨシ子さんの故郷、浜松市中ノ町のじいちゃんの家には蔵がふたつあり、東海道線の電車の窓から見えた。蔵のひとつは書庫になっていて、詩や漢文や漫画「のらくろ」、「怪盗ルパン」シリーズなど、雑誌や面白本が揃っていた。

夏休みになると、待っていたように中ノ町へ行き、いとこの武ちゃんやテッちゃん（ともに医者になった）と遊び、一カ月は帰らなかった。縁の下には近所の農業試験場から貰った西瓜《すいか》がゴロゴロころがっていた。西瓜は縄で結んで井戸の中へ入れて冷やす。井戸水はわずかに苔《こけ》の香りがした。

井戸で冷やした西瓜は甘みが生きていてやわらかい。でかい西瓜を二つに切って、西瓜の中へ坊主頭ごと突っこんでザブザブと食った。おでこも目玉も鼻も口も西瓜の汁でびしょぬれになり、西瓜の中で溺れた。

畑から採ってきた日照りのトマトにかぶりついた。生ぬるいトマトはトマト本来の味があり、冷蔵庫で冷やしてしまうとトマトの個性が消えてしまう。トマトも水も生ぬるいのがいいのだ。

蔵の書庫の中には、ヌシという白蛇がいて、ちょっと怖かった。蔵にいるネズミを食べてくれるから大切にしていた。白蛇は人間に危害は加えない。

じいちゃんは自由民権派の県会議員で、庭沿いの床の間には玄洋社の頭山満《とうやまみつる》が揮毫《きごう》した書がかけてあった。晩年は遠州信用金庫理事長をしながら、新詩社の与謝野鉄幹・晶子が主宰する『明星』に詩や短歌を投稿していた。

中ノ町でぼくが生まれたとき、ノブちゃんは召集されて戦地にいた。ぼくは、五歳まで中ノ町のじいちゃんの薫陶を受けた結果、文筆業者となった。

広大な家で、蔵の裏にある古池沿いに「離れ」という月見用の別邸があり、そこでじいちゃんは「屁《へ》っぷり桃」（屁をする桃の話）や「人情夏みかん」（夏みかんの恩返し）というような自作紙芝居を上演してくれた。

ぼくが三歳になったとき、米軍の艦砲射撃がはじまった。浜松には軍需工場があったので、遠州灘《なだ》にきた米船艦から爆弾が飛んできた。天竜川の鉄橋をめがけて飛んでくる。そんなさなか、日本のヒコーキと米軍ヒコーキの空中戦があり、ハラハラしながら見ていると、日本のヒコーキが勝って、米軍ヒコーキが天竜川の川原に落ちた。わーい、と拍手して、じいちゃんと一緒に米軍ヒコーキの残骸を見にいくと落ちていたのは日本のヒコーキだった。

じいちゃんは、ぶ厚い鉄板で作った防空壕を庭に埋めて、上に土を覆い、草を植えてカムフラージュした。艦砲射撃がない日は、投網をかついで天竜川の浅瀬へ行き鮎《あゆ》をとった。網の中に入った鮎は、逃げないように目玉を手でつぶした。鮎の目玉から鮮血がさーっと流れるシーンをいまも覚えている。とった鮎は、醬油で煮た。米軍が落とした焼夷弾《しょういだん》の残骸をじいちゃんと一緒に拾い集めた。

びっくりしたのは米軍戦闘機の機銃掃射で、屋根すれすれまで飛んできてダダダダと撃つ。蔵の白壁は穴だらけになり、夏みかんの実まで撃ち落とされた。家の前の旧・旧東海道を死傷者をつんだ荷車が行進していった。

異様な光景だが、まだ小さかったから、それほど怖いとはわからなかった。戦争が終わると、地雷にふっとばされて九死に一生を得た父・ノブちゃんが復員してきた。

浜松の伯父、文男さんは軍医だったが、静岡にいた妻が空襲で死んだ。その後、伯父は浜松で開業医をはじめて再婚した。

東京の有楽町にあった新聞社に復職するため、ノブちゃんは神奈川県の藤沢の三軒長屋に移った。ノブちゃんとヨシ子さんが下宿していた中野の家は空襲で焼き払われていた。

中ノ町のじいちゃんはときどき東京へ出てきて、プレスタウンの家に泊まった。

じいちゃんは父が持っていたみかん箱のようにばかでかい録音機を使って、遠州信用金庫での大会用の演説を吹きこんだ。ヨシ子さんが「じいちゃんの演説はうまいねえ」といってサイダーを出した。シュワシュワシュワシュワと泡が出るサイダーに夏の雲が映った。じいちゃんは神田古本街で古本二、三冊を買って帰っていった。

ぼくは弟と一緒に海水パンツ一枚になって、ホースの水を浴びて海水浴代わりとした。プレスタウンの夏は、貧乏で、暑くて、蟬が鳴いていた。ヨシ子さんは元気に生きていて、ヨシ子さんひとりがプレスタウンの生き残りだ。

句集『山茶花』

老人と暮らすコツは、つかず離れず妥協せず、見て見ぬふりをして協調する、であるが、やってみるとこれがけっこう難しい。同じ敷地にヨシ子さんの家とわが家は別棟で建っている。こちらは旅行が多いし、神楽坂の仕事場に泊まることもあるから、自宅に帰ったときは、なるべく会話をするようにしている。

次男が小学生になったとき詠んだ句に、

となりの子笛吹いている良夜かな　　仙人
となりの子まだ見ぬ鬼をやらひをり　　ヨシ子

がある。「やらふ」は「追い払う」という意味で「鬼は外」という掛け声。

ヨシ子さんは、おっとりとしつつもワガママで、ボケつつも自説をまげず、やりたいように生きている。

家の前を通りかかった見知らぬボケ系老人から「ヨシ子さん、おめでとうございます。凄いですねえ」と声をかけられた。

なんのことかと訊くと、老人ゲートボール大会で優勝したのよ、という。
ゲ、ゲ、ゲートボールだって。
そんなことはあり得ないのでヨシ子さんに確かめたら、輪投げ大会であった。市の福祉会館で開かれた老人輪投げ大会で優勝して、商品のお茶百グラムパックを獲得したという。爺《じい》さん連中は、プラスチックの輪を勢いよく投げてはねかえってしまう。婆さん連中は慎重に投げすぎて、標的に届かない。ヨシ子さんが、無念無想でふんわり投げると、念力によって吸いこまれるように入るという。

フーラフラとしているのによくやるなあ。あんまり入るので、別の婆さんから「練習しているんですか」と訊かれたらしい。

俳句を詠むように、力をぬいて、ふわーっと投げるのがコツだという。

ヨシ子さんは毎朝、大量の薬を飲む。どの薬がなにに効くのかわからない。それで、医者に相談して薬を減らした。そのときに、

秋風にくすり減らして余生かな

とチラシの裏に書きつけた。ちかごろの広告チラシは、表も裏も印刷してあって裏白のものが少ない。

両面印刷してあるチラシなんて品がないわよ、裏が白くなきゃ、メモ用紙にならないじゃないの。役に立たないチラシは腹がたつわね、とヨシ子さんは言う。

ヨシ子さんの句をほめると機嫌がよくなるので「お上手です」とほめた。

ところが市村先生は、この句を句誌『カリヨン』に掲載しなかった。

余生っていうのは九十二歳すぎです、と言われた。だから私はまだ余生じゃないのよ。そう言いながらヨシ子さんは嬉しそうであった。市村先生はヨシ子さんの句を採らずに力づけたのだ。なるほど、これが句の効用というものか。それで「秋風にくすり減らして小旅行」となおした。

四月一日、ヨシ子さんはきょうはなんの日だっけねえ、と頭をひねっていた。エイプリル・フールを思い出せない。いよいよ余生全盛期にはいり、眼鏡を電話の横に忘れていった。そのときの句は、

忘れものせしも忘れし四月馬鹿

でした。

ノブちゃんが没した翌年（平成十三年）、八十四歳になったヨシ子さんは『山茶花』という句集を自費出版した。ヨシ子さんが句集を出すとは思ってもみなかったが、俳句仲間にすすめられて、刊行する気になったらしい。ヨシ子さんは、つぎのような「あとがき」を書いた。

あとがき

息子三人が親もとを離れたころ、友人の誘いで、俳句教室に通い始めました。田辺正人先生の『旅と俳句』で手ほどきを受け、小林康治先生の『林』を経て『カリヨン』主宰の市村究一郎先生に温かで確かな御指導を仰いでおります。またよき誌友たちに恵まれ、生きる大きな励みとなっております。

山茶花を活けて終日門を出ず

最初のころの句です。長男がこの句を見て自分も親達の近くに住まなくてはいけない……と思ってくれたようです。その後しばらくして、同じ敷地の隣りに長男一家が家を建てて引越して参りました。お隣り、お隣り、と呼びあって暮らしています。

昨年四月、夫宣明《のぶあき》に先立たれ、一人暮らしになりましたので、お隣り、がある事は大変心強い毎日です。

そのような思い出がありましたので、句集名を『山茶花』と致しました。

市村究一郎先生には御繁忙のなか、選句をしていただきまして、ありがとうございました。そのうえ身に余る序文を頂戴致しました。厚く御礼申し上げます。

夫は清水基吉先生の『日矢』の同人でしたが、私たちは互に相手の句にノータッチでした。平成十二年、桜の花とともに帰らぬ人となりました夫に、この句集を捧げたいと思います。

編集をしていただきいろいろとお世話になりました本阿弥書店の橋本佐ゆり様にお礼申し上げます。

平成十三年一月　　祐乗坊《ゆうじょうぼう》美子

これだけの文章を書くのにヨシ子さんは一週間かかった。俳句はすっと出てくるのに、文章は苦手らしく、これだけで五回も書きなおした。祐乗坊はぼくの本姓で、祐乗坊英昭がぼくの本名である。

ヨシ子さんは、はじめて自分の句が編集されて本になっていく体験をした。校正やら製本されていく過程は、小さな句集一冊でも大変な苦労で、ノブちゃん不在の淋しさを乗りこえるのは忙しくすごすのがいい、という市村究一郎先生の配慮があった。

句集の巻頭には市村究一郎先生が「序」をよせてくれた。

序

『山茶花』の著者、祐乗坊美子さんは、努力家で几帳面な性格ですが、一切角張った感じがないのは人徳。作品は二十数年欠詠なしの佳句の中から、収録句を選ぶのを頼まれましたがたいへんでした。俳壇の最近の傾向からは厳選と言えるでしょう。冒頭の作品、

母の日の星またたきて闇に消ゆ　　昭54

によって、すでに母親は亡くなっていたことを知らされ、「闇に消ゆ」という詠嘆には、はかなくも愛らしい思いが長く尾をひいているのが察せられます。

それから十年近く経っていますが、同じ傾向の作品を見ますと、

小さき碑にはべりてあそぶ木の実どち　昭63
大賀蓮《おおがはす》いま青き実のぬきんでる　平2
梅かをる苑にはせをの句碑二つ　平3

瞬間的な把握というか、形あるものを素早く選び取って、奥行の深い句に詠んでいます。「木の実どち」は、童心のままの友人たちや自分を比喩したとも思えるところが嬉しくもあり、上等な詩になっていると言えるでしょう。小さき碑とは過去の墓。事々しくないのも無欲な人柄の現れ。一方、大賀蓮の青い実がぬきん出ていると断定した詩心。この断定が美子さんの特色の一つでもあります。回想の句はあまり見当りません。しかし、つぎの「昭和逝く」は、なによりも戦争による疲弊が強く心を支配していた事実を表現して、バブルなどなかったような潔い、端的な表現にたっぷりとした情緒がありま

す。

摘草を糧ともなせし昭和逝く　　平元

眼前の写生は丁寧で見事な単純化がなされて、そこには少しの無理もなく、初々しい詩心が核となっています。

温室の花より知らず夏の蝶　　昭63
残る虫深夜ラジオに寝かさるる　　平5
子に貰ふ年玉袋ごと貯むる　　平6
梅漬けや梅の木のある幸不幸　　平9

温室の蝶など理に落ちているようで、詩心は昆虫館の風情を伝え、滲《にじ》み出る情に富んでいます。深夜ラジオは眠るためにかけておくのでしょう。子守歌は残る虫の音もふくめてのこと。こうした数句を見ただけでも、あっけらかんとした言葉遣いの底に秘めた才気を感じますが、どこまでも作品はひっそりと、すっきりとした風姿で立っています。

つぎの一句目はご主人がお元気だったころの作。

ワープロに喜寿の背正す夫の春　平2
サングラス氷河の水を口にせり　平2
菅笠を目深にすすむ風の盆　平3

このワープロの句を拝見して、それまでやる気のなかったワープロを、私も使い始めた思い出が過《よぎ》ります。サングラスの句はカナダ旅行の作で、氷河の水との会話が聞こえ、分からせるだけの海外詠の域を難無く超えた感じ。菅笠の「風の盆」の句はＮＨＫ全国大会秀作入選句。「踊る」ではなく「すすむ」がなんとも言えぬ胡弓の音と踊りの雰囲気をかもしだしています。

山深き木の芽の声に経流れ　昭62
葱《ねぎ》坊主牛の匂ひの風が来る　平3
幾千の心澄みゐる良夜かな　平6
宝石館出でて瞳のおぼろかな　平8

見ました聞きましたでは人をしんみりさせることはできません。「山深き」という句は一歩も二歩も深く立ち入って、木の芽吹くころの山の「気」を伝えてあますところがありません。「葱坊主」と牛の取り合わせも絶妙。

良夜の句は圧巻。三人称の句でありながら、この世を信じ肯定する「我」が濃厚に嫌みもなく表現されたことに、つくづく頭がさがります。宝石館の作は自分だけのことを述べているようで、大かたの人の心理を潜ってきた心情がさりげなく出ており、きわめて巧みに俳諧化が完成しました。人工と自然の見事な取り合わせに、俳味も諧も生まれるのが句集『山茶花』の特色ですが、詩心は天衣無縫、表現はまことに自在と言えましょう。

市村究一郎

市村先生はおだやかな風貌のなかに流れ星のような孤愁を秘めている俳人であった。二十五歳のとき、水原秋櫻子《しゅうおうし》に弟子入りした。

第一句集「牛飼」には、牛の句が出てくる。

諸蔓《いもづる》をひきずり入るる牛舎暮れ
わが牛を画家の描く日や花辛夷《はなこぶし》

若き日の市村先生を、秋櫻子は、「じつに純朴で、一点の飾り気もない人だ」と評している。秋櫻子は、市村先生を「日本の陶淵明《とうえんめい》」と評している。陶淵明は、日本男子のあこがれの人で、知事を辞して郷里に隠遁《いんとん》した田園詩人である。

市村先生の評は褒めすぎだとしても、ヨシ子さんの喜びようは大変なもので、限定百六十部の句集はあっというまになくなってしまった。

それにつづき、山のように句評の手紙が届いた。『カリヨン』同人は三百人ほどいて、一夜句集を贈呈された人から、句に関するさまざまな感想文が寄せられた。ヨシ子さんは一夜にして、ひとかどの俳人として認められた。しょんぼりとしていたヨシ子さんに、ミルミル生気がよみがえった。この一冊であと十年は長生きするエネルギーを与えられた。句誌は薄い冊子のなかに十年〜二十年の句が収録されていて、代作ではない。時間がかかっている。

天上に声かけたしや月今宵　　ヨシ子

ヨシ子さんはひとり中庭に出て月を見つめている。ノブちゃんが死んでしまうと、いい思い出だけが残るらしい。

十六夜《いざよい》の見ゆるところに一人佇《た》つ　ヨシ子

女子高生のような吟。大学通りの桜が咲くと、花見客でにぎわう。都立国立高校の近くに、普段はほとんど使われていない高架歩道橋があり、桜の咲く季節だけは、見物客であふれる。歩道橋に桜の枝がかかり、花に手をのばせるからである。ノブちゃんが元気なころは、ふたり一緒に渡っていた。

面影のひと誘ひたや花の道　ヨシ子

ノブちゃんは八十五歳のとき、ここで花見をして、

花に手の届きそうなり歩道橋　仙人

と詠んだ。これは同人句誌で優秀賞をとり、ノブちゃんの自慢の句であった。ノブちゃんは背がぼくより高く、仙人顔の好々爺だった。還暦までは喧嘩《けんか》っぱやい性格だったのが、晩年はヨシ子さんに頭があがらなくなった。これは、どこの夫婦にもそういう傾向がある。

中村屋カレーなつかし夕薄暑《はくしょ》　　ヨシ子

どういうことのない句ですが、新宿の中村屋へカレーを食べに行ったときの吟である。昭和十六年、静岡県中ノ町から東海道線に乗って東京へきて、ノブちゃんとお見合いをしたのが新宿の中村屋だった。中村屋ではカリーライスと呼ぶ。中村屋の美しいセレブ妻、相馬黒光《そうまこっこう》は、芸術家たちのパトロンとなり土蔵劇場「先駆座」をはじめ、インド独立の志士ラス・ビハリ・ボースを官憲に抗して保護した。中村屋のカリーライスはかくまった志士ボースのアイデアで作られた。

ノブちゃんが、新宿中村屋でヨシ子さんとデートしたのは、そういった背景を知ってのことだった。中村屋のカレーはヨシ子さんにとって特別の意味を持っている。

虹立ちて高速道路に水溜り　　ヨシ子

この句にも説明がいる。中央高速道路をニッサン・セドリックで走っていたのは七十五歳のノブちゃんだった。ノブちゃんは、ヨシ子さんを横に乗せて走っていた。すると高速道路の水溜りから小さな虹が立ち、タイヤがスリップして横転しそうになった。ブレーキをかけてどうにか収まり、国立府中のインターチェンジで下車すると、甲州街道で大型トラックとぶつかりそうになって、横道へ入り、それ以上運転するのがいやになって道沿いの空地にニッサン・セドリックを置いて帰ってきた。ヨシ子さんは、ノブちゃんと一緒に歩いて帰り、それ以来、ノブちゃんは自動車を運転しなくなった。

ヨシ子さんの句は、ノブちゃんとの事件史でもあった。

米寿

平成十七年（二〇〇五）、ヨシ子さんは米寿（八十八歳）を迎えた。この年の正月、

初夢で昔々の人と逢ふ　ヨシ子

という句を得た。夢のなかで中ノ町のじいちゃんに逢ったという。兄のフミちゃん（文男さん）の夢も見た。フミちゃんは、「フクロウが鳴いている夢を見た」とヨシ子さんに告げた。フクロウが鳴く夢は、ロシア人が死ぬ前に見る夢らしい。夢のなかに白い花が現われたときが死の予兆だという。ノブちゃんと逢う夢も見た。ノブちゃんと銀座四丁目の鰻《うなぎ》料理店・竹葉亭《ちくようてい》で鯛《たい》茶漬けを食べてから歌舞伎座へ行ったという。一年に一回歌舞伎座へ行くときは、竹葉亭で鯛茶漬けを食べるのが定番であった。三回忌の法要をすませると、ノブちゃんは「昔々の人」となってしまう。

新年には賢弟マコチンと造園ススム一家のほか、いとこの空港建設タダシ君一家も来てくれて、賑やかになった。

お年玉飛び交ひをりぬ三家族　　ヨシ子
年玉や女あるじとして上座　　ヨシ子

は、そのときの吟である。ノブちゃん亡きあと、「女あるじとして上座」となる気持が出てきた。けれど「女あるじ」という言い方の裏にある一抹の淋しさは隠しようがない。強がってそう言ってみただけという気がする。

大晦日に風邪ぎみとなった。

雲くぐり夜毎細りぬ寒の月　　ヨシ子

の句は、心細い胸中の吐露に思えた。ヨシ子さんがコクヨのノートに書いて推敲《すいこう》する俳句は、そのまま、正直な心情である。ヨシ子さんがなにを考えているのかは、俳句を見れば察しがつく。で、

信心の足りなき我に風邪の神　ヨシ子

風邪の神があるとは思わなかったが、八百万《やおよろず》の神がいるのだから、風邪の神もいる。嘆き節と見えつつ、そのじつ風邪封じの呪《まじな》いである。信心が足りないと反省すると見せかけて、風邪の神を封じこめようとしている。ヨシ子さんの俳句には老人特有の計略があり、襲いくる敵に挑みかかる。幼いときに実母を亡くした体験からくる本能が、無意識に句となって発せられる。実母モトさんの霊魂がヨシ子さんに憑依《ひょうい》したと思われる。

風邪がなおると、ノブちゃんの仏壇へ七日粥を供えて、

七日粥供へてひとり祝ひけり　ヨシ子

で、大団円。
この繰返しで月日が過ぎていくのですが、

漢方の薬買ひ足す寒の内　ヨシ子

という次第でセッセッセとカンポー薬。ムカシ艦砲イマ漢方である。

正月はヨシ子さん用に餅を小さく切って雑煮を作った。一月九日がヨシ子さんの誕生日で、賢弟マコチンがぼた餅を手土産に家へやってきたので、酒を飲んだ。

お正月還暦の子と乾杯す　　ヨシ子
マコチンが還暦となる茜空《あかねぞら》　　光三郎

と挨拶句を贈った。マコチンが、アカネゾラってなんなのさ、と訊くので、新年の朝、まだ日がのぼる寸前に、暗がりに赤い日がさす影色だと教えてやった。酔ったマコチンが、アカネイロってのはリオデジャネイロみたいな町か、とさらに首を傾けると、すかさず、ヨシ子さんが、

大正に生れ米寿の屠蘇《とそ》を酌む　　ヨシ子

と詠んで、その場をとり仕切った。これは、「米寿の祝賀会をやれ」と、遠まわしの催

促であると気がつき、米寿の会を箱根塔ノ沢温泉福住楼《ふくずみろう》で開くことにした。福住楼は明治の創業以来、漱石、藤村、露伴、康成など多くの作家が常宿とした温泉旅館である。常連の福沢諭吉は福住楼のための引札《ひきふだ》（広告文）を書き、「温泉の清潔七湯中第一」と謳《うた》った。茶室の「聴泉《ちょうせん》」には大佛《おさらぎ》次郎が滞在して小説『帰郷』を書いた。宿沿いに早川の清流が白い波しぶきをあげ、浴室は檜《ひのき》造りで、申し分ない。

福住楼へ三人兄弟家族とヨシ子さんが泊って米寿の宴を開くことにした。宿泊費は長男のぼくが奮発した。

大広間の舞台で、孫たちが歌ったり珍芸を披露して、ヨシ子さんは満足そうであった。かくして、

つつがなく初温泉《はつゆ》に浸る米寿かな　ヨシ子

箱根湯に米寿の春を迎へけり　ヨシ子

とめでたい会になった。

雛祭

わが家は、男ばかり三兄弟で、女っ気というものがなかったので、雛祭《ひなまつり》がなんであるのか知らなかった。

娘がいる親戚の家へ行くと、雛人形が飾ってあって、男雛と女雛をはじめ、三人官女、五人囃《ばやし》、随身《ずいじん》、衛士《えじ》などのほか、屏風、重箱、長持、菱餅《ひしもち》、高坏《たかつき》、三宝《さんぼう》、燭台など、やたらと贅沢《ぜいたく》な調度品が並んでいた。

平安時代の貴族には、官女や衛士がついていたらしいが、昭和のお金持ちの家にそれらしき家来がいるのを見たことがない。

室町時代の公家のあいだでは紙雛を飾り、雛壇に人形や調度を並べたのは江戸時代の中ごろという。

いとこのケイ子ちゃんがコップに白酒をついで「一杯どうぞ」なんていうので飲んでみるとカルピスだった。おてんばだったいとこが、着物姿ですましているのを見て、雛祭は女子が姫に化ける儀式だと思った。

わが家に女がいないおかげで、わけのわからぬ人形を飾らずにすんでよかったと思っていたのだが、ひとりだけ女がいて、それは母親のヨシ子さんだった。

ヨシ子さんが、思いたって、木目込みの雛人形を作ったのは五十年以上前のことであった。そのころ、雛人形作り教室が流行して、近所のおばさんが集まってワイワイコツコツと作っていた。戦争で家財が焼け、ひと通りの雛人形セットがほしかったのだと思う。

仕上がった人形に桃の花を飾って雛あられを供えると、なんとなくお姫様の気配が流れたのだった。

ノブちゃんが生きていたころの句に、

夫《つま》とゐて雛寿司つくる雛《ひいな》の日

がある。ノブちゃんは「まぜごはんなんて男が食うものじゃない」とぶつぶつ文句を言いながら、ヨシ子さんが作った雛寿司を食べていた。

来客の声に雛の笑顔かな

は、ふいにともだちがやってきたときのはなやいだ気分。
ノブちゃんが他界する一カ月前に、

うつし世を雛が見てゐる雛祭

と詠んだ。うつしよは漢字で「現世」と書く。ノブちゃんが入院して生死の境をさ迷っているときでも自宅の居間には雛人形が飾られた。雛は現世を見つめる生き神様で、ノブちゃんの魂を見守っていた。

ヨシ子さんは、週二回、福祉会館のデイ・サービスセンターに通っていた。朝九時に迎えのバスがきて、紙で作った雛人形を持って帰ってきた。画用紙に紙皿を貼り、その上に男雛と女雛が並んでいて、まんまるの目玉が笑っている。そのときの句は、

手づくりの面輪《おもわ》かはらぬわが雛《ひいな》

である。

一階の中廊下と縁側にはさまれた十畳の広間にノブちゃんの小さな仏壇があり、この部屋はいつもは使われていないので、ひんやりとしている。その部屋の壁にヨシ子さん手作りの雛人形をかけた。
床の間の人形ケースにある人形を片づけて、引き戸を開けると、ぶ厚い木箱があり、雛人形セットが入っていた。ヨシ子さんの雛人形は、やわらかい吉野紙で包んであり、包み紙も五十年余の年季が入っている。
箱の一番上に、ノブちゃんが描いた絵解きがあった。屏風や内裏雛《だいりびな》や三人官女、五人囃、衛士、ほかの調度品の並べ方を示した図であった。無骨者のノブちゃんだが、こういう作業は得意としていた。

雛かざる夫が描きたる絵解きかな

は、そのことを詠んだ。

雛飾る絵解のいろも鄙《ひな》びたり

はその一年後。

その絵解き図もヨシ子さんにはなつかしい思い出になっている。雛を手にしたヨシ子さんが「雛の息が聞こえてくる」と言った。

ノブちゃんは雛祭の一カ月後に他界し、遺骸は病院からこの広間に運ばれて、一夜を過ごした。亡くなる年の正月もノブちゃんはこの部屋で五日間を過ごし、終《しま》いの日がいつかくると感じながら、酒を飲み、うとうとと眠っていた。

雛人形は、若い娘もさることながら、高齢の女性がひときわ華やぐようで、娘時代を思い出す装置であった。

雛あられ早やばや買ひてしまひけり　　ヨシ子

雛祭はヨシ子さんにとって大切な年中行事だから、雛あられを早ばやと買ってお雛様に供える。待ちきれずにヨシ子さんが食べるので、また新しい雛あられを買う。生協に注文して自宅まで運んでくれるようになってからは、二月のうちから大量に雛あられを注文した。なんでもまとめ買いするのは、敗戦後に食料がなかった苦い経験からだ。納戸には山のように鯖《さば》や鰯《いわし》の缶詰がしまってあり、賞味期限が切れる前にあわてて缶を開けた。雛あられも残ってしまい、庭にくる野鳥へばらまくことになる。

鳥に撒《ま》く大つぶ小つぶ雛あられ　　ヨシ子

この句が気にいったので、平成十七年の俳画カレンダーの三月の項に使った。雛人形の前に活けた桃の花を見て、

桃活けてふと来《こ》し方をかへりみる　　ヨシ子

「来し方」とは「過ぎ去った時間」のことだが、『源氏物語』や『後拾遺和歌集』に使われた用語で、ヨシ子さんもコテンコテンに古典になってきた。

雛祭の日は雛寿司を作るのが定番で、

家中に寿司の匂ひや雛の日　　ヨシ子

となる。雛祭の夕方は、

灯《ひ》ともせば雛のささやくこよひかな　　ヨシ子

となる。

縁側の廊下のガラス戸を開けて外の風を入れると、咲きはじめた梅の香りが雛人形の頬にあたった。飾られた雛はこちらを向いて、雛同士が向きあうことはない。

雛壇の緋色が暗い部屋ににじみ、雛の黒髪が目にしみる。いくら古びても雛の顔は若く輝いている。雛は変わらず、雛をとりまく人間だけが年老いていく。飾られた以上、雛も眠ることができず、細い目でこちらを見る。

ヨシ子さんは雛を飾った部屋にぽつんと坐り、ノブちゃんの仏壇に弁当を供えていた。ヨシ子さんは雛人形と話す超能力を持っている。暗い座敷で雛人形と会話する要介護1の老人は、ひとつ間違えばホラー小説になるが、思い出を思い出している。雛祭が終ると、

雛納め雛の瞳がわれを向く　　ヨシ子

のである。ヨシ子さんは「ずーっと昔からお雛様と話している」とのことであった。

ここで渋茶を飲む。男には雛祭の句は難しい。だって女の子の節句なんだからさ。ヨシ子さんは老人会で貰ってきた饅頭を二つに割って食べている。

部屋がやたらと寒い。普段は、ほとんどこの部屋を使っていなくて、ガラーンとしている。正月に弟一家やいとこが集まったときだけ満員になる。暖房を二十七度にあげると、それはあげすぎらしく、二十三度にボタンを押し直された。外は雪が降っている。雛人形が睨んでいる。ここで加湿器に水を入れてもう一句。

加湿器の目もりにみたす寒の水　　ヨシ子

旧式の加湿器だから、水を入れるのにやたらと時間がかかる。

部屋の南側は廊下で、ガラス戸ごしに、メジロがミカンの実を食べに飛んでくるのが見える。ミカンの木には、まだ五十個ぐらいの実がついていて、よく見ると皮だけ残して中の実だけを食べている。空洞になって乾いたミカンの皮だけが残っている。

白梅と紅梅の老木は、まだ咲いていない。たわむれに、

紅梅に干しておくなりガラパンツ　　光三郎

と書いた短冊を梅の枝につるした。ヨシ子さんはふざけた句に反応しない。ヨシ子さんの句には、

菅公の千百年忌梅かをる

といったすなおな詠嘆が多い。

で、

母好みし紅梅昏《く》れて忌日《きにち》暮《く》る　　光三郎

の句を示した。ヨシ子さんが生前に好んでいた紅梅の花を見ながら一日を過ごす。紅梅が咲いた日がちょうど母の忌日である、とさみしがる大野林火《りんか》の句を借用した。

私はまだ死んでませんよ、そういう句は私が死んでから詠むものでしょ、とヨシ子さんに諭され、だけど生前に詠んでおかなきゃ故人には届かないから、と言い訳をするのも妙

な気分だ。

台所のベルがビーッと鳴って、出ていくと清水屋酒店の主人がウーロン茶と、缶コーヒー一箱、缶ビール一箱を届けにきた。いまどき、御用聞きにきて、飲料を届けてくれる酒屋なんて有り難い。

短冊に、筆ペンで、

清水屋に訊く紅梅の噂かな　　光三郎

と書いて差しあげた。

缶ビールを納戸に収めようと開けてみると、南アルプスの天然水三ダースと、果物缶詰二パック、缶コーヒー一カートン、サントリー・オールド半ダース、サントリービール・プレミアムモルツ一カートン、小豆島素麵一箱が山のように積んである。非常食用の缶詰もある。清水屋さんはぼくより年上である。

「谷保《やぼ》天満宮の梅は、まだ咲いてないだろうねえ」とヨシ子さんが外を見た。庭木の梅はまだ咲かないが、盆栽鉢の梅は花が開いている。あんなにちっちゃい鉢なのに、よく咲きますね。これっぽっちしか土がないのに、力いっぱいふんばって咲いているのよ。たいしたもんだわ。

ヨシ子さんは、鉛筆を手に持って、「めいっぱいふんばって咲く梅の鉢」と書き「ふんばってがよくない」と頭をひねり、「力いっぱい咲いている梅の鉢」と、書きなおした。五七五でなく、七五五の破調である。これも小学生みたいな句だから、よくないわね。あ、お茶もう一杯いれましょうか。

立ちあがって台所横のテーブル席へ歩いていくヨシ子さんは、フーラフラしながらも危うい均衡で身を保っている。外を出歩くときは手押し車を使っており、わずかながら運動となる。週に二回はヘルパーさんがきてくれるし、月に一回は老人会の集まりがある。歩くことによって脳の働きを刺激しているらしい。それがこの寒さで散歩をしなくなり、屋内を歩くことだけが運動になる。

茶をいれたヨシ子さんはテーブル席に坐って、

あるだけの力で咲くや鉢の梅　　ヨシ子

と改稿した。ヨシ子さんみたいな梅の花だなあ。雛あられを口にポーンといれてもう一句。

手の平に転々のりし雛あられ　　ヨシ子

ヨシ子さんは日々、念仏のように俳句を詠んでいる。俳句は右脳を活性化させて、呆け防止効果があるという。『カリヨン』には、毎月七、八句を提出する。〆切日が近くなると、ヨシ子さんから「ちょっと見てよ」と呼び出しがかかる。詠んだ句の講評を求められるから◎○△の印をつけて感想を申しのべる。

米寿の一年前は、

雛納め雛の瞳がわれを向く　　ヨシ子

ときて、今年は、

来年も生きるつもりの雛納め　　ヨシ子

となった。

呆けてますます図々しい。三人兄弟の男ばかりを育てて、お雛様は自分のために飾るのである。

ただし、しっかりしているのは句だけであって、耳は遠いし、足腰はフラフラで、日常生活は要介護となる。俳句を詠むときにだけピカッと稲光のように天から句が降りてくる。それは長年の俳句生活がもたらす条件反射で、この世の事象を五・七・五の十七文字で観察するようにできている。脳がハイクするのであった。

雛納めをしたあとに啓蟄《けいちつ》がくる。三月六日あたりからで、土中にもぐって冬眠していた蟻や地虫、トカゲなどが出てくる。

ヨシ子さんの七十七歳の句に、

啓蟄や銀座買物日和かな

があり、このころは銀座まで買物へ行く体力があった。七十九歳のとき、

啓蟄の虫てのひらに庭師かな

八十一歳で、

啓蟄や少しおしゃれな靴選ぶ

寒がりだから、啓蟄になると元気が出る体質らしく、

啓蟄や夕呼ぶ雲の湧き出づる（八十五歳）

と威勢がいい。

察するに、ヨシ子さんも二月いっぱいまでは冬眠状態にあって、啓蟄の仲春になると、
虫と一緒になって動き出すのである。

彼岸参り

京都土産の生八ツ橋を持ってヨシ子さんがうごめく台所へ届けると、なにやら缶詰らしきものからパンを取り出して食べていた。

なんか変なものを食ってるんじゃないだろうな、と気になった。八十七歳で死んだノブちゃんは、ケシゴムを食べようとした（カマボコと勘違い）ことがあり、いよいよヨシ子さんも呆けはじめたか、と不安になった。「なに食べてんの」と訊くと、「非常食用のパンだ」という。

パンの缶詰の賞味期限がギリギリなので、食べてみたのだという。賞味期限切れのチーズを食べて下痢した私よりも、ずっとしっかりしている。

「お父さんの墓参りはいつにするの」

という。ノブちゃんの墓は高尾霊園の山の中腹にあり、お彼岸になると、賢弟マコチンが自家用車でヨシ子さんを連れていく。

えーと、彼岸入りの三月十八日は、とぼくのスケジュール帳を見たら能登半島の輪島へ行くことになっている。門前《もんぜん》、穴水《あなみず》、金沢、と廻って帰ってくるのは三月二十二日、春分の日の翌日だ。

二十三日、二十四日も予定が入っているのでお彼岸の墓参りへは行けない。

「行くんでしょう」

と再度いわれて、即興で、

能登よりの風のお彼岸参りかな

と詠んで、墓参りできない事情を弁解した。

「なんなのよ、その句」

「ですから、能登から千の風になって行くと……」

「行けないってことね」

ヨシ子さんは、缶詰のパンを食べつつ、ペットボトルのお茶を飲んだ。

雪が降ってきた。

「三月になったのに、変な天気ですねえ。まだ寒い」

といって外を見ると、ヨシ子さんが、

「いつものことですよ。お彼岸の前っていうのは日が荒れるの」

とうなずいた。ふと、子規の句を思い出した。

子規二十六歳の句に、「母上の詞《ことば》自ら句になりて」と前書きして、

毎年よ彼岸の入《いり》に寒いのは（句集『寒山落木』）

がある。子規が「お彼岸なのに寒い」というと、母堂が「毎年のことよ、彼岸の入りが寒いのは」と答えて、それをそのまま句にした。子規が口語体で句を詠むのはめずらしい。

子規全集の第一巻をめくってこの句を見せると、ヨシ子さんは「どこがいいのかわからない」という。なにしろ明治二十六年の句ですからね。

彼岸参りは、春分の日を中日とする七日間の仏事供養で、昔はボタ餅を供えた。

春分の日は太陽が真西に沈む。夕暮れの西方に浄土があるという。この世は煩悩《ぼんのう》の此岸《しがん》である。西の彼方にある彼岸は、生死流転の此岸の対極にある悟りの地である。

雪があがると、庭の雀がおどけたように舞いはじめた。トカゲが出てきて、濡れた腹が赤くすきとおっている。トカゲを追って猫が飛ぶ。生きとし生けるものに影があって、ゴ

ソゴソと動き出す。

ヨシ子さんは腰に毛布を巻き、その上を帯でくくっている。前夜の大雨で、庭に植えてあった三色スミレの花が崩れた。

父の遺影を拝して、仏壇の鉦《かね》をチーンと鳴らして「行けずにすみません」と謝った。春分の日は仏事を離れて、自然をたたえて生物をいつくしむ国民の祝日となった。と考えれば、能登半島を旅して、自然をたたえるのも春分の日にふさわしい、ともいえるな。


ヨシ子さんは買ったばかりのテレビを見ているが、電源が入っていない。テレビ画面を見るのではなく、ただ考えごとをしているのである。

これはヨシ子さんの脳にハイク霊が降りてきているときの現象である。きてますよ、きてますよ。ハイク霊が天からピリピリピリ。

こうなったら、なにを話しかけても通じず、退散するしかない。一時間後に、おそるおそるいくと、テーブルの上に俳句らしきものが書きつけてあった。

非常食パンの缶あけ春近し　　ヨシ子

縁側に置いてある寒菊の鉢植えが、黄色い花弁をいっぱいつけた。ヨシ子さんの誕生日に弟のススムが届けてきた寒菊で、花もちがいい。

ヨシ子さんは、寒菊の鉢の横で、ぼんやりと昼寝をしている。縁側には、喜寿のお祝いのとき、兄弟三人で贈った、電動マッサージのソファーがある。そこに坐っているうちに、ガラス戸ごしに日が差して、広い縁側は温室みたいに暖かくなる。

椅子の肘についているスイッチを押せば、背もたれの部分が動いてマッサージ機になる。ヨシ子さんは、マッサージの電源を押さずに、ただのソファーがわりにしていた。医者から、「電動マッサージは、老人にはむかない」と言われていた。

ヨシ子さんはますます夜ふかしをするようになった。

「なかなか寝つけなくなって、手当り次第に本を読んでいる。昔読んだ本は、忘れていた若い日々を思い出すのよ」

と言う。

「夜、ひとりでベッドにいると、なんか、ぽっかりとあいた穴のなかにいるみたいで、淋しくなるの。本を読むとそれを忘れる」

とも言った。

ぼくは、ヨシ子さんの家の二階で、深夜まで仕事をしている。そのせいで眠れないのだろうか。夜ふかしをするから、昼寝する時間が多くなる。

ヨシ子さんは、肩にトクホンを貼っている。電動マッサージ機の横に小さな丸テーブルがあり、広告ビラの裏に、

冬バーゲンいつまで生きるつもりかな　　ヨシ子

の句が書きつけてあった。
いつも、こんなことを考えているんだなあ。

花の庭

二月はよく人が死ぬ。

廊下の壁に色とりどりのマフラーが掛けてある。弟のススムがヨシ子さんの誕生日がくるたびに新しいマフラーをプレゼントするためだ。


子がくれし絹のマフラー巻いてみる　　ヨシ子

は、ヨシ子さん八十七歳のときの句だ。

日本は平均寿命が世界一となり、最長寿命は百一歳から百八歳にのびた。ただし、百一歳から百八歳にのびるまで百五十年を要した。

百十歳の壁はまださきのことである。

ヨシ子さんを見ていると、「確実に百歳までは生きる」と思った。

親が生きていることは、つくづく、

「ありがたいなあ」

と思う。新刊本が出るたびに、「これができた」と見せにいく。ヨシ子さんに新刊本を見せるときが晴れがましい。自分が書いた本を自慢できるのは親ぐらいのものだ。

そのへんは、照れくさくて複雑な思いになるけれど。

ヨシ子さんがようやく目を覚ましたので、眼科まで連れて行くことにした。白内障の検診のため、眼科に通っているのだ。ヨシ子さんは、ねぼけまなこをこすりながら、

「眠りすぎちゃった」

と反省している。

「検診のとき、目玉をひっくり返されて、ボーッとなったけど、痛みを感じないのよ。老化すると目玉もぼけるのかしら」

ゴムの腹巻をきつく巻きつけ、足もとがふらついて、転びそうになった。

眼科の先生が「あなたが生きているうちは目玉は大丈夫」と言ったらしい。

「それから、老化するのは人間だけなんですって。野生生物は老化しないの」

えーっ、どうしてだろう。

「野生動物は老化する前に死んでしまうんです」

あ、そうか。

ま、どうでもいいけど、うちに棲みついたノラ猫ニャアは老化したので動物病院に通っている。この猫は野生じゃないということね。急いで仕度をして下さいよ。すぐタクシーを呼びますから。


ヨシ子さんの話は、病気の話がほとんどで、老人にとっては病気だけが話題になる。


その翌日、ヨシ子さんは市の健康診断へ行き、血を抜かれてフラフラになって帰ってきた。血液検査、心電図、レントゲンの三点セットで、

「病院には二十三年ぶんの診断書がぶ厚くたまってるのよ」

と自慢した。

「ヨシ子さんは百歳までは生きますよ」

と言うと、

「そんなに長く生きてどうするんだい。せいぜい、あと二年よ」

「だって静岡の中ノ町のおばあちゃんは九十七歳まで生きたじゃないか」

「私は無理ですよ。静岡県は気候がよくて、暖かい土地だから長生きしたのよ。それにソヤオさんやテッちゃんがついてたし」

中ノ町のおばあちゃんは、ヨシ子さんの育ての親で、ソヤオ先生はその息子だ。ヨシ子さんが五歳のときにソヤオ先生が生まれて、ソヤオ先生は弟のようなものだ。

ソヤオ先生も息子のテッちゃんも医者で、老人介護のデイケア施設を開設している。

「補聴器がまた壊れたのよ。高島屋で三十万円もしたのにさ。普通の補聴器は二十万円ぐらいだけど、ザーザーと音がしてだめなの。それで高いのを買ったのに」

補聴器をつけたまま、お風呂に入ったという。

「で、顔を洗ったんでしょ。まえもやったじゃないの、補聴器に湯をかけたら故障しますよ」

ヨシ子さんは補聴器をガーゼで、ごしごしとこすって、フーッと息を吹きかけた。

「公民館の句会で、九十歳の師範が、自分の句を選んで『天』にしたのよ。みんなが注意すると聞こえずに知らん顔をしているから、私が『あんたのじゃないのォ』と大声をあげると、『えー、なーに』と聞きかえすのよ。安い補聴器を使っているからよ」

その話は前に聞きました。こういう句会は『痴呆《ちほう》句会』というタイトルで芝居にしたら、うけるんじゃないかな。

「なに言ってんの、いま話してるのは補聴器の話ですよ。これから高島屋へ行って、修理してもらってきます」

髙島屋へ行ったヨシ子さんの帰りが遅い。いつもなら午後三時ぐらいには、地下の食料品売り場で地方名産品や和菓子を買って帰ってくる。

やきもきして待っていると、「お母様の件で連絡いたしました」と男の声で電話があった。

なにかあったんだろうか。いやな予感がした。

「食器売り場で転んで、さきほど近くの病院へ運び、治療しておられます。私ども店員のミスで、簡易湯わかし器を足に落として、足の甲をケガされました」

なんだってぇ。

声を荒らげると、髙島屋の売り場主任らしき男は、蚊の鳴くような声で、「誠に申しわけありません」と謝った。

補聴器を修理したあと、ヨシ子さんは食器売り場へ行き、棚の上にある簡易湯わかし器を見ようとして、女子店員に見せてくれるように頼んだ。そのとき女子店員の手がすべって湯わかし器がヨシ子さんの足の上に落ちて倒れこんだという。担架でデパートの医務室に運ばれ、簡単な手当てを受けた後、病院に運ばれたらしい。

「いまは、元気になっておられます。これからタクシーでお宅までお送りいたします」

三十分後に、タクシーに乗ったヨシ子さんが病院から杖《つえ》をついて帰ってきた。右足には包帯がぐるぐる巻きされている。

つきそいの女子店員は、お見舞い用のクッキーを持参して、「申しわけありませんでした」と頭を下げた。

「たいしたことはないわよ。私の受けとり方が悪かったのよ。あなたには責任はありませんよ。もう、これ以上気にしなくていい」

女子店員は直立不動の姿勢で頭だけを下げて、そのタクシーに乗って帰っていった。

ヨシ子さんは片足をひきずりながら寝室へいってベッドに寝転んでしまった。

翌日、包帯をはずすと、ヨシ子さんの足の甲は青黒くはれあがっていた。このぶんでは靴は、はけない。

国立市にある整形外科病院へ連れて行った。ぼくが車に追突されたとき、頸椎捻挫《けいついねんざ》を治療した病院だ。院長先生はレントゲン写真を見て、

「全治二週間ですな。骨は折れてない」

との診断だった。

湿布用の外用薬を七セットくれた。気前がいい。セルタッチという外用薬で経皮吸収型鎮痛消炎剤だった。これは伸縮性の布を使っているので、少しのばしながら患部に貼る。

匂いが出ない無臭性のにしてもらった。

ススムが見舞いに来たので、花壇の雑草と、枯れた花を抜いてもらった。まだ花をつけている菊もあるが、大半は枯れてしまった。ススムは造園家で、野草に詳しい。これから咲く花の芽にも、よく目がきくから、こういう作業が得意である。

雑草を抜きながら、ススムが、

「イチリンソウの芽が出ていた。案外強い花なんだなあ」

と言った。二年前にススムが植えた花だった。花壇にいっぱい咲いているのは三色スミレであった。三色スミレは咲く期間が長いけれども、萎《しお》れた花弁がふえていた。

チューリップの芽が出ていた。チューリップは球根を植えかえないのに、毎年小さな花を咲かせる。

「チューリップ以外は、みんな抜いてしまってよ。あとから園芸店に持ってきて貰うから」

とヨシ子さんがススムに注文した。

花の季節になると、近所の生花店が花のついた株を持ってきて、適当に植えていく。三色スミレが十五株も並ぶと、幼稚園の庭みたいで、ほこりっぽくなる。

ススムが三色スミレの一群を抜き終わると、黒く湿った土が現れて、すっきりした。

「どうして、雑草を抜かないのよ」

とヨシ子さんがススムに訊いた。

「これはイチリンソウの芽です。白い花をつけるんだ。あと、イカリソウの芽もあったから抜かなかった」

「めざわりだから、抜いちゃってよ」

「これから花をつける野草なんだよ。抜いたらもったいない」

とススムが説明すると、

「じゃ、私が抜いちゃうからね」

ヨシ子さんに、ノブちゃんのせっかちな気性が乗り移った。

一カ月後にチューリップの花のつぼみがふくらむと、ヨシ子さんは、一輪を根もとから切りとって、

チューリップ咲くを待ちゐて供へけり

ノブちゃんの仏壇に飾りました。

さくらざかり

国立は桜の町である。春になると大学通り沿いに桜の花が咲く。町が出来たときに、染《そめ》井《い》吉野《よしの》、白い花弁の大島桜、枝垂《しだれ》桜、八重桜などが植えられた。箱根土地会社の堤康次郎が開拓造成した町で、武蔵野の原野を切り開いて一橋大学のキャンパスを造り、時計台や校舎をはさんで幅の広い大学通りがある。

中央線の国立駅は、国分寺駅と立川駅の中間に造られたので国立と名づけられた。まったくもって笑い話のような地名であるが、あまりに安易な町名の由来は、住人には耐えがたい屈辱感があり、住人たちはこの話をしたがらない。

山口瞳さんが国立に居を定めて、国立の桜並木の美しさを喧伝《けんでん》したため、文教地域国立の名は全国に広まった。山口さんは国立の宣伝部長と呼ばれていた。花見のシーズンになると山口さんの仲間（国立ヤマグチ組といった）と花見をすることが恒例の行事となった。花見の席で、「国立という名称は昔からあり、隣の国分寺に国という字をわけ、立川に立という字を与えたのである」という話を捏造《ねつぞう》すると「それはいいアイデアだ」とほめられた。

山口瞳さんが他界されてすでに二十年余がたつ。国立の桜が咲くと、山口瞳、滝田ゆう、ノブちゃんの記憶が胸をよぎる。小学校や中学校が新設されるたびに校庭に桜が植えられたが、何本かは虫に食われて植え替えられた。桜の新樹は育つのが早い。

植ゑ替へて桜ざかりや新校舎　　ヨシ子

は、ヨシ子さんが米寿の年の吟である。

校庭に植えた桜の木は、虫に喰われると、台風のひと吹きで倒壊する。桜守《さくらもり》（町のボランティア）によって植え替えられた桜はミルミル大きくなって花を咲かせる。町を造営したときに、日本各地から腕ききの庭師が集められたので、いまでも造園業者が多い。

ノブちゃんが老人ホーム青柳園に入居したとき、ヨシ子さんと連れだって夜桜を見にいった。満月の夜で、月明りの下、桜吹雪が舞い、頭がグラグラした。青柳園へ入居する前のノブちゃんは、夜中に突然起き出して、中庭を歩き廻り、月に吠《ほ》えた。年老いた萩原朔太郎みたいになり、それを止めようとするヨシ子さんは芝生の庭に突きとばされた。認知症となって暴れるようになったので、仕方なく老人介護施設に入居させたのであった。入居したてのノブちゃんはしょんぼりとして、急におとなしくなり、そうなると、ヨシ子さんは後悔した。

月満つや花の吹雪の降りやまず　　ヨシ子

ヨシ子さんは夜桜を見て泣いていた。ノブちゃんが他界した四月三日は、桜が七分咲きであった。

ぼくが小学校五年生のとき桜の苗木を植えた。プレスタウン・クラブの酒飲みオヤジ連が苗木百本を買い、命じられるまま子どもたちが植えたのだった。桜の木は枝が四方八方にのびるため、庭木には向かない。ぼくの家だけで三本植えた。

高校生のころに一家そろって庭で花見をした。桜の木の下にゴザを敷き、ヨシ子さんが玉子焼きと海苔《のり》巻きと稲荷《いなり》寿司を作り、ノブちゃんは大切にしまっていたサントリー・オールドの瓶を取り出して嬉しそうに飲んでいた。子らは、大きなヤカンで麦茶を作り、砂糖を入れて、コーヒーと称して飲んだ。わが家の全盛期で一番楽しいときだった。プレスタウンはどこの家も貧しいながら「桜の園」となったが、その後、家の主《あるじ》が引越したり没するど、宅地業者に転売され、桜の木はバサバサ伐り落とされた。ぼくの家の桜は二本が虫に食われて枯れ、一本だけが残っている。しかし、幹が電線にかかるため、そこの枝が伐りとられて、玄関の屋根に食いこんだ岩盤のような太い幹から、いびつな形で枝が伸びている。幹がひょっとこ踊りをするような姿となり、花と落葉がアスファルト道路にこびりつくので、毎朝のように掃いた。

花屑や掃き寄せられてさくら色　　ヨシ子

掃いた花屑は、燃えるゴミ用の透明のビニール袋いっぱいにぎゅうぎゅうにつめた。町内にはヨシ子さんの友だちが二組・計六人いて、最強ローバ連合として闊歩《かっぽ》していた。友だちとつるんで遊ぶことが生きていく力になった。一カ月に一回の会合で、四月は花見会だった。

約束は花の雨ふる日となれり　　ヨシ子

ノブちゃんとふたりで花見に行ったときは、

うかれていた。ヨシ子さんは、ノブちゃんのことを、我儘《わがまま》で、意固地で、人のいうことを聞かない偏屈者だったという。子のぼくから見てもその通りで、ヨシ子さんの苦労には同情するが、こういう句を見ると案外仲がいいところもあった。

ぼくの世代の父親は、みな不機嫌であった。戦争体験がそうさせているのかもしれないが、口をへの字に曲げて押し黙り、ふてくされていた。なにが不満なのだろうか、と考えてもその真意はわからない。ひたすらひたすら仏頂面で、話しかけても返事をしない。そんな父親が、外の人と話すときは腰が低く、愛想がいい。外面《そとづら》はいいのに内面《うちづら》が悪い。

ノブちゃんが復員してきたとき、藤沢の伯父の家の一間を借りて住んだ。東海道沿いの藤沢の家に行くと町中に戦災孤児の群れがいて、進駐軍のジープが走りまわっていた。そのとき、ぼくははじめて「生きていくことは闘いだ」と思い知らされた。

戦争帰りのノブちゃんは荒れていて、喧嘩をして血を流して帰ってくることがあった。気が立っていて、腹にすえかねたヨシ子さんは「あんなお父さんとは別れて、中ノ町へ帰りましょう」と言って、東海道線の藤沢駅まで歩いて行った。列車は超満員で乗ることができず、駅裏にあった映画館で、松島トモ子主演の母子映画を観た。小さい松島トモ子が、母親の三益愛子とは生活できず、継母にいじめぬかれる話であった。松島トモ子が泣きながら夜空を見上げると、実母の顔が浮かぶ。自分の家より貧しい家庭を見ると、「まだ、うちのほうがいい」と思い返して帰ってくるのであった。

立待てば瞳乱れて月《つき》重《かさね》　ヨシ子

は、母子映画のシーンを思い出していたのだろうか。米寿の会のあと、ヨシ子さんは、大学通りの桜を見に行き、

佇《たたず》めば落花にわが身きよめらる　ヨシ子
刻々とわが暦すぎ桜かな　ヨシ子
いつしかに米寿の春の移りゆく　ヨシ子

の三句を『カリヨン』に投稿した。ヨシ子さんの心もぼくの気持も桜とともに揺れ動くのでした。

白靴

甲州街道に面した谷保《やぼ》天満宮（通称谷保天）は国立の守護神である。ぼくが高校生のころは校庭よりタンボごしに、谷保天の森が見えた。初詣では、高校同級生の佐藤収一氏（シューちゃん一家）と一緒に出かける。ＮＨＫテレビの「紅白歌合戦」が終ったころ収ちゃんから「そろそろ行きますか」と電話があり、新年の〇時二十分ごろに、自動車で天満宮まで出かけると、すでに八百名近くの参拝客が並んでいる。

谷保天は菅原道真《すがわらのみちざね》公をまつる学問の神様である。境内の祈願所には合格祈願の絵馬が所狭しと掛けられている。ひと昔前は、谷保天の広間で嵐山席亭五十人句会を興行した。画廊喫茶のマスオ君、画廊「ビブリオ」のトマツ君、大農家の杉田さん、宮司の津戸最《まさる》さん、植木職人のスズキさん、関酒店の竹葉翁（最長老）、彫刻家の関頑亭先生、元国務大臣の亀堂先生、市長のガマさん、「自然と文化の会」の小沢会長、収ちゃん、美人どころはミツエさん、ケイコさんなど五十人余が一堂に会した。四季おりおりの句会だった。

投句（無記名）された作品を互いに採点する方式。参加する商店や農家から山のように賞品が出る。米十キロ、日本酒、缶ビール一カートン、サツマイモ一箱、帽子（関民さん）、俳句ノート、図書券、食パン、色紙短冊（頑亭先生）、などすべての参加者が何かを持ってきて、何かを貰える。地元の自民党代議士亀堂先生は、堂々と買収（一句五百円）工作をした。買収公認の句会だが、主催するぼくは、

春うらら俳句は一句五〇〇円　光三郎

と釘を刺して、買収額の上限をきめた。実際に現金は飛びかわず、お互いの句を五百円で買いあうことになり、買収句が高点を得ることはなかった。

ヨシ子さんは、友だちと連れだって谷保天の梅見に出かけた。寄付をした氏子《うじこ》は甘酒券を貰える。紅梅と白梅が咲く三月の梅林には、甘酒の売店が出る。ヨシ子さんは甘酒券五枚を持って行き、四人と一緒に、甘酒を飲んだ。

もてなしの甘酒を手に梅くぐる　ヨシ子

ヨシ子さんはベージュ色の婦人靴をはいているが、だいぶ古くなってきた。家の近所を散歩するときは革の黒靴もはくが、土で汚れ、いまひとつ似合わない。あちこちをよく散歩するため、靴が使いこまれて古びてきた。デパートの靴売り場で、ヨシ子さんのサイズの靴を買ってあげようかと思案するものの、靴ばかりは当人がはいてみなければわからない。老人がはく靴がぼろぼろになっているのは見るにしのびない。ヨシ子さんにしてみれば、使いこんで足になじんだ靴に愛着が生まれる。国立の公園で骨董《こっとう》市があったときは、さっそく出かけて、

ボロ市や客待ち顔の股火鉢　ヨシ子

と詠んだ。皿や古鉢や古時計に混って新品同様の靴や雑貨が並んでいた。ぼくは彫刻家の関頑亭先生と一緒に行き、古硯《すずり》をひとつ買ってきた。骨董とは名ばかりのガラクタが並んでいて通称ボロ市といった。ヨシ子さんの友だちで一番お金持ちの老婦人サト子さんは傘を拾う癖があった。コンビニの入口の傘立てや、駅のホームに置き忘れた傘を拾ってくる。敗戦直後は品不足で、傘が貴重品であったから、傘を見つけると自宅まで持ってき

て、たまってしまう。その人は、立川髙島屋の外商部の顧客だった。立川髙島屋へ行って、欲しいものを指でさせば、外商部がすぐ家まで届けてくれる身分であるのに買おうとしない。節約の習慣がしみついているのがヨシ子さんと同じ世代だった。ヨシ子さんも立川髙島屋外商部扱いの顧客で、弟のススムに貰った赤いマフラーを首に巻いて三カ月ごとに立川髙島屋に出かける。

マフラーの派手め贈られ誕生日　　ヨシ子
着ぶくれて電車一駅乗りにけり　　サト子

コクヨノートの俳句帳を見ると、ヨシ子さんがだれと出かけたのかわかる。

小春の日散歩同士の会釈かな　　ヨシ子

ヨロヨロしながらも精力的に歩くのが九十歳ヨシ子さんの健康の秘訣《ひけつ》である。万歩計を持ち歩き、日々の歩行数を自慢する。玄関の靴箱には山ほど古靴がつめこまれている。古靴に執着があって捨てきれず、どんどん靴がたまっていく。使ってきた靴は、ぼろ靴になるほどいとおしさがつのるのはぼくも同じであるが、新しい靴をはくと、それまでの靴を、急にみじめに感じることがあり、古靴を捨てて買ったばかりの靴をはいて歩く。すると、新しい人生が始まる気分になる。

新聞に靴のバーゲンセールのチラシが入っているのを見つけたヨシ子さんは、さっそく友だちのカンベさんに電話をかけた。カンベさんは弟ススムの小学校の父母会仲間である。カンベさんからイトウさん、ニシノさんへ電話連絡網がある。三人を誘って靴のバーゲンセールへ行くことになった。この友だちは、「鉄壁の誓い」で結びついている四人組で、なにかと会合を持つが、「だれが死んでもお香典や花は出さない」という盟約を結んでいる。香典やお花代は、生きているうちにみんなで仲良く使ってしまう。立川にある靴卸売センターには赤いアドバルーンが上っていて、そこが目印である。靴を物色してからは、昭和記念公園の冬バラを見て、公園の池を廻って夕食は駅ビルの天ぷら定食ナントカカントカらしい。

ヨシ子さんは手短に身仕度をすると、多摩交通のタクシーを呼んで国立駅へ向かった。立川で買い物をするときは、家から国立駅まではタクシーでワンメーターである。その日一日の様子は、詠んだ俳句で、おおよその見当がつきます。

バーゲンとなりし白靴売場かな　ヨシ子
春光や並びて赤きアドバルーン　カンベ
紅薔薇の盛りの道を曲りゆく　イトウ
それぞれに水の輪ひろげ鴨遊ぶ　ニシノ

四人とも俳句を作るのです。歩きつかれて、テンプラ屋へは行かずに家へ帰ってきました。

ヨシ子さんが買った靴はベージュ色の小さいパンプスだった。買い物のあと、昭和記念公園へ行くので、はいていった古靴は店に置いてきた。「古靴は買った店に置いてくる」というぼくの流儀をさっそく実行した。

春になると、ヨシ子さんは玄関に腰をおろして靴を磨きはじめた。磨くといっても細いプラスティック・チューブに入った透明のクリームを塗るだけである。

谷保天満宮の奥に、集会所となっている古民家があり、清水が湧く自然歩道の公園になっている。清水沿いのタンボ一面に蓮華草《れんげそう》の花が咲く。ぼくは、ＮＨＫテレビの「課外授

業　ようこそ先輩」という番組で、卒業した小学校五年生を連れて「レンゲ句会」をした。蓮華草の花咲く畑にあおむけに寝ころがると、青空一面になつかしい思い出が浮かぶ。

小学校一年生のとき、復員した父に連れられて藤沢の三軒長屋で暮らした。貧相極まる長屋だったが、すぐ裏の畑に蓮華草の花が咲いた。茎が地を臥《ふ》して広がり、やわらかい葉のなかから小型の蓮の花みたいに咲いた。蝶が飛ぶように花が咲き乱れ、紅色のジュータンを敷いたような感じで心地よかった。その翌年、ぼくは腸閉塞で死地をさまよい、九死に一生を得た。春の日をはなやかに彩る蓮華草と死の記憶が裏表となって脳裏に浮かぶ。

高校生のとき、谷保の蓮華草咲くタンボに寝ころがって、

かたまって薄き光の蓮華草　　光三郎

という句を文芸部「序唱」に掲載した。将来は編集者になりたいと思ったのはそのときであった。できれば小説家になりたいという漠然とした望みがあった。

谷保の蓮華草の花畑へ行くと、そのころの記憶が、胸に去来する。

ヨシ子さん一行は市内循環バスに乗って谷保天満宮前まで行き、あとは徒歩、古民家一帯を歩いた。

靴二足磨いて春を惜しみけり　ヨシ子
れんげ田や一つの家の鯉幟《こいのぼり》　カンベ
春光や鳩の翼の白く澄み　イトウ
遣水《やりみず》の流れに浮かぶ春の雲　ニシノ

ヨシ子さんの俳句ノートには、もう一句、

風五月靴新しき散歩みち　ヨシ子

とあり、句の上に?マークがつけられ、その横に二重丸の句があった。

白靴に足入れ心はづませり　ヨシ子

夏は、もうすぐそこまできているのでした。

第三章　ヨシ子さん、九十歳の日々

七回忌の桜

父ノブちゃんの七回忌を高尾霊園でとり行った日は、ヨシ子さんと手土産用の坂角《ばんかく》エビせん二十九箱をタクシーに乗せ、朝十時に家を出発した。

まだ桜は二分咲きだった。ヨシ子さんは、道が混んでいると困るといって、ぼくをせかした。遅刻が許せない性分だ。そのため、霊園には法要がはじまる二時間前に着いてしまって、手もちぶさたで、待合所で、持参した饅頭《まんじゅう》など食べつつ高乗寺の桜を見物し、せっかちなノブちゃんの思い出話をした。

ノブちゃんは八十七歳で往生したが、ノブちゃんがヨシ子さんと花見ツアーに行ったときの句に、

よくしゃべるガイド嬢いて春の旅　　仙人

がある。そのときのヨシ子さんの句は、

花の茶屋団体さんと呼ばれをり　　ヨシ子

であった。しゃべりすぎるガイドはマニュアル本を読んで覚えた話を全部しゃべるからうるさいのよね、とヨシ子さんが話しているうちに中ノ町の石垣医院ソヤオ先生が到着し、

「もう八十歳になりますよ。ヨシ子さんはおいくつでしたかね」と訊いた。

「あたしゃ九十歳です。中ノ町のおばあちゃんは九十七歳まで生きましたね」

「いくつまで生きることやら」

「百歳まで生きちゃうかもしれない」

と話し出した。

ヨシ子さんが持っていた雑誌では、人気女優が「百歳まで生きて、生涯女優で終わりたい」と宣言している。高齢化社会はますます進み、集まった親戚の御老体たちも、みんな百歳まで生きそうで、いずれも長寿の相がある。

本殿に集まって、一同は三十二ページの小冊子経本「勤行聖典《ごんぎょうせいてん》」を渡された。般若心経は総ルビだからだれでも読める。

賢弟マコチンは経文など読んだことがなく、「このお経は効きめがあるのか」と訊くから「そりゃ効きますよ」と教えてやった。「大般若心経全六百巻約五百万字を二百数十文字にまとめたエッセンスだ」「濃縮ジュースみたいなもんすか」「その通りだ」。

摩訶般若波羅蜜多心経《まかはんにゃはらみったしんぎょう》の摩訶《まか》は「偉大な」という意味である。般若《はんにゃ》は「智恵」、波羅《はら》は「浄土」、蜜多《みった》は「渡る」、心経《しんぎょう》は「心のお経」という意味らしい。これは「偉大な智恵の浄土へ渡るお経」である、とコーシャクしてやった。

「カンジーザイボーサツ、ギョウジンハンニャーハーラーミータージー」と唱和がはじまった。「ジー」の部分はあぶら蟬の鳴き声のようになる。

そのあとの照見五蘊皆空《しょうけんごうんかいくう》が重要で、五蘊《ごうん》とは人体を作る五大要素、色《しき》、受《じゅ》、想《そう》、行《ぎょう》、識《しき》である。その五要素は空《くう》であるとお釈迦《しゃか》さまはおっしゃっている。ここんとこをよく吟味しなきゃいけない、とコーシャクしたいのだが、読経はどんどん進んでしまって、色即《しきそく》是空《ぜくう》となった。

色即是空は有名な言葉だから、一同はみな気持ちよさそうに唱和した。やがて、ラストの「ギャーテーギャーテー、ハーラーギャーテー」となり、ここんとこは蛙《かえる》の合唱のようで気分がよく、読経が終わるとすっきりする。

つぎに御住職によるお話と読経があり、鉦《かね》がゴーンと鳴り、大数珠がジャリッと響き、住職の渋い声にうっとりしてから修証義《しゅしょうぎ》、行持報恩《ぎょうじほうおん》の唱和となった。「仏《ほとけ》ののたまわく、無上菩提《むじょうぼだい》を演説《えんぜつ》する師《し》に値《あ》わんには、種姓《しゅしょう》を観《かん》ずることなかれ」とゆっくり話すからわかりやすい。唱和しつつ、なるほどとうなずくうち、

「いたづらに百歳生《い》けらんは恨《うら》むべき日月《じつげつ》なり、悲しむべき形骸《けいがい》なり」

とあった。

あれれ、百歳まで生きちゃいけないのか。「百歳まで生きるのは恨むべき月日だ」というのである。ヨシ子さんは百歳までは生きそうで、百歳になったとき、このお経を唱和されれば、立場がなくなってしまう。これからは長寿の時代で、百歳の老人はますます増えていく。古い経典の賞味期限が切れている。

さいわい御列席の御老体には百歳の方はいないからいいものの、きんさんぎんさんがいたら肩身が狭くなるはずで、昔は百歳まで生きる人なんていなかったということだろう。百歳のところは百二十歳ぐらいまでのばしたらいいんじゃないか、と思いつつ経典を勝手に変更するわけにはいかない。

焼香、合掌し、山の上の墓地へとむかった。むかいの山々は新芽を出し、桜が咲き、風がやわらかい。賢弟マコチンが「オヤジはいい季節に死んだのが偉いな。だって墓参りが花見になるもの」と妙なところに感心し、「般若心経のハーラーが極楽浄土とは知らなか

った。フルーツパーラーと覚えときゃいいな」と言う。

墓前には花が供えてある。ヨシ子さんが「四千円で寺務所に頼んだのよ」と言った。ヨシ子さんは毎月墓参りを欠かさぬが、寺前の花屋は一束五百円なので、いつもは高尾駅前で四百円の花束を買ってくる。

墓前で住職の読経があり、一同線香をあげ墓石に水をかけるが、御老体が多くやたら時間がかかる。ヤスシ君が線香があがる墓をビデオに撮影して、「墓参りできないときは、このビデオをテレビに映しておがめば便利で、これがバーチャル墓参りだ」と言い、ヨシ子さんに「バーちゃんがどうしたってーの」と叱られた。

霊園下の料理屋で宴会となり、ヨシ子さんがヨイコラショと立ちあがって「本日は晴天にめぐまれてよござんした」とかなんとか挨拶をした。

いとこたちはみな歳をとり、昔はしょっちゅう遊んでいたヤスオちゃんは、定年後郷土史研究家となり、ニューヨーク暮らしが長かったヒロノブちゃんはヨットざんまいで日焼けしているものの皺がふえた。

ダンディだったタダシ兄いはハゲオヤジとなり、人気ピアニストのアキラ君は六十歳となり、美人だったキミコ姉さんは腰痛となり、そのぶん私も歳をとった。人のふり見てわが身をなおせ、と言ったって年齢だけはさからえず、光陰は矢よりもすみやかである。

賢弟マコチンは般若心経の録音をとり、以後、クルマを運転するときにかけて暗記するという。

「兄貴さあ、このお経の全体の意味はどういうこと」

「すべてのものは無常である。こだわりを捨てて、すべてをクウにすると」

「食うわけか」

「じゃなくて空《くう》」

ここで腹がクーと鳴って、タケノコ煮を食べた。ノブちゃんが生きていれば「バカヤロ、偉そうなことをぬかすな、アホタン」と怒鳴るところだろう。

酒を飲むうち、フワフワといい気分になり、一曲歌いたくなるところだが、そういうわけにもいかない。朝は二分咲きだった桜が一気に五分咲きになった。ほろ酔いで一句詠んだ。

墓越しにあの世見えたる花の山　　光三郎

スミレの花咲く頃

なかば廃園と化したわが家の中庭にスミレの花が咲き、固まって薄い光を放っている。このスミレは、山口瞳さんからいただだいたものだ。山口さんは、近所の野山を散歩して、スミレの花を採集して御自分の庭に植えるのを趣味としていた。

そのおすそわけでいただいたスミレが、いつのまにか四畳半ぐらいの広さになって、ほうっておいても花をつける。

小学生のころ、野原へ花つみに行き、草花遊びをした。敗戦後で、遊ぶ道具などない時代だったから、草笛を吹いたり、笹舟を川に流したりすることが面白かった。レンゲやスミレの花は、摘んでも、すぐにしおれてしまう。

近くの原っぱが宅地造成されるとき、工事の作業員がスミレを長靴で踏みつけていくのを見て、胸がちくりと痛んだ。ショベルカーが、スミレを土ごと掘りおこしていくので、二、三片を土ごと拾ってきて庭に植えて、

工事場のすみれ一輪地にかえす　　光三郎

と、祈る気持ですみれの花に手をあわせたことがある。野に咲くスミレを植えかえるのは難しい。水をたっぷりかけると一日だけ咲いたが、すぐにしぼんでしまった。山口さんからいただいたスミレは、根もとに湿った土がたっぷりとついていた。

スミレは二千種もあって、深山幽谷に咲く珍種が貴重と言われるが、わが家に咲くのは、どこにでもある、ごく普通のスミレである。茎さきが薄紫の花弁をつけて、律儀におじぎをしている。

ノブちゃんの句に、

手をふれて生まの冷《っ》めたきすみれ草　　仙人

がある。これは同人句誌で優秀賞をとり、ノブちゃんの自慢の句であった。無愛想なノブちゃんに、こんな繊細な視線があるのが不思議だった。

スミレの花言葉は、誠実、潔白、愛である。無愛想なノブちゃんはスミレの花に自分の心を託していて、スミレを見るたびにノブちゃんのひんやりとした句を思い出す。

スミレは『万葉集』に出てくる花で、『和名抄』には野菜として扱われている。西洋でも、スミレはサラダとして食べられた。漢方薬では解毒の効用があるとされた。花の形が、大工が使う墨入《すみい》れに似ているところから、この名がついたという。

風邪をひいて熱にうかされると、頭のなかにスミレの花が咲く。

喉が痛くて、けだるく、寝汗をかいて頭がモヤモヤし、ぼーっと眠っているとき、ユーウツなる脳の淵に、一輪のスミレの花が咲く。風邪が治りかけの兆候で、スミレが咲けば快方へむかう。これは風邪をひいたときの唯一の愉しみで脳内スミレと名づけた。あいにくと風邪をひかず、脳内スミレを見ることができなかったから庭に咲いているスミレを七束ほど、葉ごと摘みとって熱湯にくぐらせ、ぽん酢醬油をかけて食べてみると、ほんのりと苦く、脇下をくすぐられる味だった。

スミレは、日当たりがいいところならばどこでも咲く。鉄工所の裏庭、駐車場の空地、崩れかけた崖の中腹、駅のゴミ捨て場の横、工事中のガレキのあいだ、と、思いもかけぬ場所に、ひそやかに咲いている。

ヨシ子さんの句、

飛び石のこんな処に菫《すみれ》咲く

は、裏庭のコンクリートの敷石の下にみつけたスミレである。裏庭に咲こうがゴミ捨て場の横に咲こうが、町のスミレには小さな息があり、そのへんの空地に咲いているスミレに心をひかれ、しゃがみこんでいつまでも見てしまう。小さい紫色の魂がゆらゆらと浮いている。

国立には、山口瞳さんがいきつけのギャラリー・エソラというしゃれた画廊喫茶店があった。山口瞳ファンならば、たいていの人が知っている店である。

山口さんが元気だったころ、ギャラリー・エソラで、山口瞳書画展「スミレの花咲く頃」が開かれ、連日、盛況であった。山口家の書庫の奥から、二十年ぐらい前に描いた風景画や書画が二十一点出てきて、それを展示した。山口さんは宝塚歌劇団のテーマソング「スミレの花咲く頃」という歌が好きで、酔うとこの歌を口ずさんだ。それにちなんだ書画展である。

展示されていた、

「外の雪、内の鴨《かも》」

と書かれた色紙を買い求めた。外で雪が降っているとき、家のなかで鴨鍋をつついている、という意味なんだろうか。

いずれにせよ、うまそうな色紙で、雪が降ったら、この書を壁にかけて鴨鍋を食べようときめた。

中庭のスミレを見ると、花はあっというまに散りかけていた。

そのかわり、小さな花壇にはパンジーが咲いている。紫色、黄色、薄桃色のパンジーで、昨年の暮れに植えた苗が、まだ花を咲かせている。スミレにくらべるとパンジーは、セールで売ってるシャツの柄みたいだ。

パンジーの後ろに菜の花らしき黄色い花が咲いている。しかし、ちょっと違う。ヨシ子さんに聞いてみると、パンジーと一緒に植えた葉ボタンをそのままほうっておいたところ、茎がのびて黄色い花をつけたのだという。

ナポレオンがエルバ島に流されたとき、翌春、スミレの花咲くころまでに再起することを誓い、同志たちはナポレオンを「伍長のスミレ」と呼んだ。とすると、「スミレの花咲く頃」という歌は、過ぎ去った夢を追うことではなくて、「再起する誓い」がこめられている。

山口さんは市井の庶民を大切にしたけれども、不逞《ふてい》の精神の人であった。見た目がしとやかで清純なだけのスミレを愛したのではなく、どんな荒地でも咲くスミレの不屈さを好んだのではないだろうか。
そう考えながら、花の散ったスミレ草をながめた。

オレオレ詐欺と空き巣

ヨシ子さんは俳句ノートに、

さるすべり燃えてオレオレ詐欺がくる

と書きつけて「こんなのは俳句になるのかしら」と言った。「どちらかというと川柳だな」と申し述べると「さるすべりの花は、メラメラと燃えて、人を脅迫するような気配があるでしょ」と話し出した。樹木にはそれぞれの性格があり、たとえば蜜柑《みかん》の木は、花の香りが甘く、たわわに実がなるから、おだやかで徳がある。柚子《ゆず》の木はトゲがあって難がある。桜の木は四方八方に枝をのばすわがままな性分で、親が甘やかすからこうなった。庭木をじっと観察して、木の性格を分析している。さるすべりは、みだらに花を咲かせて赤い花弁をまき散らすため、「伐っちゃおうかしら」と言うのだった。

妙な押し売りが、ひとり暮らしの老人をねらってやってくる。下水溝を無料で調べて「汚れているから掃除をする」というのがふえた。漏電《ろうでん》防止の工事というのもあったし、ガス管をとりかえるという業者もきた。

いずれもインチキくさく、インターフォンで話すだけでヨシ子さんは追い返した。ヨシ子さんは、そういうとき、本能的にぼけて、相手をケムにまくのがうまい。

せんだって、ヨシ子さんの俳句仲間が、オレオレ詐欺にかかりそうになった。知らない男が「お孫さんが赤信号を無視して追突し……」と電話をかけてきた。相手はおばあちゃんの名前も、同居している孫の名前も知っていた。オレオレ詐欺は、ねらった家の状況をよく調査するらしい。

電話口では、若い娘がギャーギャーと泣いて、「おばあちゃん、助けてえ」と叫んでいた。それで「いま、現金が三万円ある」と言ったら、ガチャンと電話が切れたという。

その話を聞いたヨシ子さんは「いよいよ、オレオレ詐欺が身近に迫ってきた」と身がまえた。

と、その翌日、本当にヨシ子さんのところに、かかってきたのであった。「お孫さんが、交通事故をおこしまして……」と警察官を名乗る電話であった。ヨシ子さんは「あなたの名前はなんですか」と問い返し、半分、呆けた感じでフンニャリと応答するうち、相手のほうがあきれて電話を切ってしまった。友人がだまされかかった話を聞いた直後だったから、冷静に対応できた。

「だけど、じっさいに電話がくると、心臓がドキドキしちゃって、どうしようかと思ってしまうものよ」

と興奮ぎみにヨシ子さんは述懐した。

その後、ヨシ子さんは、家にいるときも、トイレの窓、納戸の窓、勝手口、縁側はじめありとあらゆるところに鍵をかけるようになった。玄関のドアにはチェーンつきの鍵をかける。

ヨシ子さんが月に二回だけ表玄関のドアを開けるのは、往診の医師がくるときである。で、往診の日に、前もって鍵をはずし、開けておこうと扉を押したはずみにひっくり返り、床上から鉄平石のタタキの上に転び落ちた。

一回転してからお尻から落ち、玄関に置いてあるステッキに頭をぶつけ、三十分ぐらい倒れこんでいたという。

「立ちあがれずに、そのうちお医者さまがくるから待ってりゃいい、と思って寝ていたんだよ。でも、鉄平石ってのは冷えてて、ジンジンお尻にしみてくる」

這って床にのぼり、畳の部屋に寝ころがっているうちに医者がきた。本来なら救急車を呼ぶところだった。医者が持っていた膏薬を置いていってくれた。

　ぼくがヨシ子さんの家へいったのは、医者が帰った十分後で、ことの次第を知った。運よく骨折はしていないが、カラダじゅうに呪符のように白い膏薬が貼られ、前衛芸術のようであった。

　玄関の白壁には、倒れたときに、できた穴があいていた。よく骨折しなかったものだ。

「バレーの回転レシーブみたいに転んだからね。それに、あたしゃ骨が強いんだよ」

　とひとしきり自慢してから、

「背中にもう二枚、膏薬を貼ってちょうだい。そこんとこは自分の手が届かないの」

　と注文された。

「よくのばして貼るんだよ」

　はいはい、と言われるままに膏薬を貼った。

　ヨシ子さんの家の隣に住んでいるから、自宅にいるときはこまめに顔を出す。それでも、神楽坂の仕事場へ行くときは一晩じゅう飲みあかして、家へは帰らない。

　その晩、気になって、神楽坂からヨシ子さんへ電話をかけて、ちゃんと生きているかどうか確認した。

「もしもし、オレですけど」

「オレって、どちらのオレの方ですか」

「あなたの息子ですけど」

「息子はいま出かけていて、おりません」

ここで電話が切れたから、もう一度かけなおした。ヨシ子さんはてっきりオレオレ詐欺と思いこんでいるらしい。ルルルルル、ルルルルル。なかなか電話がつながらず、十七回ぐらいで、やっと出た。

「なんで電話を切っちゃうの。オレオレ詐欺じゃありません」

「いまは、水道管も、下水道も、ガス管の工事も、すべてお断りしております。もう古い家なんで、いまさらなおしたってしかたがないし、フニャフニャフニャ、なにかご用があったら、息子がきたときに応対しますので、モグモグ、そのときにフニャフニャ」

ここで電話が切れた。

ヨシ子さんが生きていることが確認できたから、ひとまず安心した。

玄関でひっくり返ったときの傷は、少しずつ快方にむかっている。翌日、濡れせんべいを手土産にして帰って顔を出すと、

「昨夜、またオレオレ詐欺の電話がかかってきたよ。あんたの名前を言ってたけど」

と無愛想に言い、

わが齢《よわい》ふり返りをり今日の月　　ヨシ子

の句を示した。

国立の実家は百十坪の敷地内に親の住宅四十坪とぼくの住宅三十坪の建物が隣接し、中庭が四十坪ある。角地にあってさまざまな樹木が茂っている。

親の家の門には頑丈な木戸があり、木戸には横に棒が差しこんである。めったに開けることはない「開かずの門」で、家の者や客人は勝手口から入る。

玄関の門は杉の一枚板で、開けるときは不気味な音をたてる。内から五カ所に鍵がかけられる。貧相な家なのに門の木戸と玄関だけを頑丈にしたのは、用心のためというより、六十余年前は、そういうのが流行していたからだ。

事件は主治医が帰ったあとにおこった。主治医を送り出したあと、門の木戸と玄関の鍵を閉めないまま、ヨシ子さんはトイレに入っていた。老人のトイレは長い。玄関のチャイムが鳴ったがヨシ子さんは用をたしている最中だから、すぐには出ることができなかった。トイレから出ると、二十代の事務員ふうの男が玄関から入りこんで、家へあがりこもうとしていた。

いつもなら、私が二階で仕事をしている。この日は自分の家へ戻って、昼食のソーメンを食べていた。

事務員ふうの男はぶ厚い書類を見せて「フトンのクレームの件できた」と言った。「そんなもの頼んでいませんよ」とヨシ子さんが睨みつけると、「おかあさん、嘘をついちゃだめだ」とくり返し、この家は「南2—9—ナン番地でしょ」と手持ちの資料をめくり、ケータイ電話をかけるふりをして、「木戸があって、一枚板の玄関で、九十歳のおばあさんひとりですよね」と話した。

ヨシ子さんは「うちはフトンなんか二十年以上買ってません」と怒った。

すると、「おかあさん、嘘ついちゃいけない」としゃがみこみ、家の奥をじろじろとさぐった。

「いま、客がきてるから、帰って下さい」と追いたてると、

「玄関に客の靴がないじゃないの。だれがきてんのよ」

と居すわった。

そのとき、賢弟マコチンからヨシ子さんへ電話がきた。勝手口の近くにある受話器をとり、「いま、泥棒がきてるのよ」と大声で報告した。そのあいだに、男は玄関から逃げて

いった。

この間十分ぐらいだった。

隣家でひとりソーメンを食べていると、家の電話が鳴ったが、受話器はとらない。

私には秘密の個人用電話がある。家にかかってくるのは物売りの電話がほとんどである。あとは、妻や息子の友人からで、私が電話に出ると、相手はかえって恐縮する。

十回ベルが鳴って止まり、五秒後にまた鳴ったが、出なかった。

すると、その三秒後に、わが家の玄関を勝手に開けて男が入りこんできて、

「こんにちはー、こんにちはあ、お留守ですかあ」

と大声をあげた。

こちらはソーメンを食べているのに「面倒くせえなあ」と腹がたった。ぼくの家にも門柱に扉があり、さらにその奥に玄関のドアがある。宅配便は、必ず門扉の横にあるインターフォンを押して、「ナニナニですが」と名乗り、「どうぞ」と言うと入ってくる。物売りや、宣伝マンや宗教勧誘のたぐいは、この段階で追い返す。

ところが、こいつは、いきなり玄関に侵入し、家の中をのぞきこんでいた。空き巣が侵入前に、その家へ電話をかけて、不在を確認するという話を聞いていた。空き巣は訪問販売のふりをして家の様子をさぐる。

ソーメンのドンブリを手に持って玄関へ行くと、事務員風情の男が立っていた。見たところ二十九歳ぐらいで、安物のジャケットを着て、手には書類らしきものとケータイを持っている。いちおう黒の革靴だ。一見したところ、郊外の電器ストア売り場にいる売り子といった気配もある。

事務員は、一瞬ドキッとした表情をしたが、すぐ満面の笑顔に戻って「田中さんのお宅ですか」と訊いた。

そんなもの、表札見ればわかるじゃないか。「こいつは空き巣に違いない」と気がついたが、ソーメンを食べている最中なので、

「ズルズル、違います、ズルズル、なんの用だズルズル」

とすすっているうちに、くるりと背をむけて出ていった。家にあがりこんだところで、とっつかまえればよかったが、すでに遅い。

一カ月前に、道路をはさんだむかい側の家に泥棒が入った。朝方の四時ごろ、窓ガラスを割って侵入したという。そのころ、わが家の中庭の花壇に、見なれぬ地下足袋の足あとがついていた。

深夜二時ごろ、庭で物音がするので外へ飛び出すと、二人の黒影が猿のように素早く逃げていった。塀を忍者のように飛びこえる速さは明らかにプロの仕業であった。ノブちゃ

んの葬式のとき警察がきて、泥棒が留守宅に侵入するのはほぼ確実だから、現行犯逮捕のため警官三名を張りこませます、と言ってきたことがあり、丁重にお断りした。

ヨシ子さんが住む家の中はノブちゃんとぼくの古本ばかりで、金目のものなんか、なにもない。わが家の玄関に侵入してきた若い男は、ごく普通の顔のアンちゃんだった。空き巣という風貌ではなく、短髪でスポーツ刈り、百七十センチぐらいの背丈、肩幅は柔弱で、そのくせ筋ばった骨格があり、つやのない頬、少しばかりからかい気を帯びた口の結び具合。まともな商売をすればかわいがられる顔だちであった。

似顔絵を描いてヨシ子さんに見せると、

「これ、この男ですよ。さっき、うちにもやってきた」

ということで、さきにヨシ子さん宅へ侵入したことの一部始終を聞かされた。

その日以後、ヨシ子さんの家の玄関にぼくの古下駄二足を置き、

啓蟄《けいちつ》や古下駄二足鬼が棲む

と、まじない句を示した。

ヨシ子さんのクラス会

八月十五日に、浜松市で戦没者の慰霊式典があり、講演することになった。ぼくの本籍は東京都中野区高根町であるから、「東京都生まれ」となっているが、じっさいに生まれたのは疎開さきの浜松市中ノ町である。ノブちゃんが召集され、ヨシ子さんは私を身ごもったまま里帰りしていた。

で、ヨシ子さんに、「浜松へ行きましょうよ」と言うと「あたしゃ、とても行けないわ」と断られた。ヨシ子さんは、日がな、フワリフワリ漂っている。散歩するのは自宅の周辺ばかりで、仏壇に花と弁当を供えて、ひとりごとをムニャムニャと言っている。

「クラス会をしたらいいじゃないの」と言うと、とたんにヨシ子さんの目がピカッと輝いた。「冥途の土産《みやげ》に行こうかしら」と決意するまでに時間はかからなかった。

そうときまると、ヨシ子さんは人が変わったように活発になり、庭の水まきをして、弁当をよく食べ、体力回復につとめ、張りきりすぎて、ばてて頭に氷袋をのせていた。

それから、連日、高校の同級生から電話がかかってきた。ヨシ子さんが卒業したのは浜松にある西遠女子学園で、昔は五年制であった。五十人いたクラス仲間は、その大半が没している。

ヨシ子さんが生まれたのは大正六年（一九一七）で、そのころの義務教育は小学校六年までだった。中ノ町の小学校は一クラス五十名で、卒業するとほとんどの子は奉公へ出た。その上の学校へ通うのはクラスで五名ほどで入学試験の倍率は二倍。女子学園の生徒は一クラスは五十名で、Ａ組Ｂ組の二クラス計百名いた。中ノ町から浜松の西遠女子学園までは自転車通学した。戦時下にあって、同級生が軍需工場へかり出されて戦死し、一学年五十名に減った。戦争末期には、米兵と戦うための竹槍訓練をした。などなど、ヨシ子さんの武勇伝はつきない。

クラスメイトも「なにがなんでも行く」と決死の覚悟をしてこの日にそなえ、なにやらローバ決起集会の様相を呈してきた。

前夜の十四日は、天竜川の花火大会があるから、里帰りして、それも見物することにした。浜松に着くと、駅前のホテル・オークラに荷物を預け、ヨシ子さんの兄の墓に供える花をさがすのに手間がかかった。ヨシ子さんの兄、文男さん（青井医院）は、結婚した奥様和子さんがクリスチャンであったから、カトリックの信徒となり、浜松市成子坂の教会へ通い、教会の墓地に埋葬された。その教会が移転して、墓地だけが残された。

お盆で、どこの花屋も閉まっている。「しゃれた花じゃだめです。黄菊に白菊」とヨシ子さんなりに注文があり、墓の花入れがこわれているからそれも新品を買い求めた。

タクシーで浜松市内をグルグル廻って、やっとのことで菊花と花器を手に入れて、丘の上の墓地にたどりついた。

丘の坂までの道には当然ながらエスカレーターがない。ヨシ子さんを連れ歩くときは、駅でもホテルでもエスカレーターを使うのが第一条件である。ところが、墓参りは、老人に奇跡的活力を与えるらしく、手すりにつかまりつつ、二十メートルほどの急坂を登りきった。

「つぎはおじいちゃんの墓へお参りする」と中ノ町の石垣医院へ行き、じいちゃん、ばあちゃんが眠っている松林寺へお参りした。墓石にジャブジャブと水をかけて「おひさしぶりです」と話しかけている。墓石を人間だと思っているふしがある。話してからしばらく耳を傾けているのは、墓からの声を聞いているのだった。

この日の夜、ヨシ子さんは中ノ町天竜川の花火を見た。何年ぶりになるのだろうか。シュルシュルシュルッと一条の朱色の火種が空にあがり大輪の花がパーンと開く。夢うつつの中で、思い出がはじけて、闇の中へ消え、また咲き、焦がれていく記憶。ヨシ子さんは、

ふる里の縁台で待つ花火かな
大花火夜空も胸もこがしけり
一瞬に胸を打たれし大花火

と、三句詠んだ。

新幹線やホテルなどのつきそいはぼくがやった。

「ムリだムリだ」と言っていたヨシ子さんは、里帰りとなると別人のような異次元の力が注入されるのであった。

翌朝は、ホテル・オークラのロビーでクラスメイトと待ちあわせた。

慰霊式典の終了後に、ヨシ子さんたちが集まっているホテルのレストランへ顔を出した。ローバ連中だから和食店だろうと思っていたのに、中国料理店というところに油っこい念力がある。

円卓がある個室に、六人のバー様がドーンと坐っていた。六名で合計五百二十八歳だ。訊くと、コース料理をたいらげたという。午前九時半から二時間をロビーですごし、この店でさらに三時間しゃべっても、まだしゃべり足りない。

テニス選手をしていた中村房枝さんは、西遠女子学園の教師になった。

「このクラスは卒業後、七十年がたちました。五十名いた生徒のうち二十八名は死去ないし消息不明、残り二十二名のうち大半の人は呆けてしまい、本日は出席予定者のうち一名が病欠です」

さすが先生だけあって、数字に詳しい。中村さんは、戦時中の千人針が出てきたという件でテレビのニュース番組に出演した、という。

渥美やすさんは、渥美鉄工所のグランドマザーで、背筋をしゃんとのばして、筋金入り経営者の貫禄がある。

「戦時中はうちの工場で弾丸をつくっておりました」

昼食会場を中国料理店にきめたのは渥美さんである。

バスケット選手をしていた小野ふささんは、銀髪の麗人で、戦後は浜松で女性刑事をしていたという。もう負けそうだな。

「女学生のとき、ヨシ子さんの自転車を借りて以来、いまなお自転車に乗っています」

小野さんは、いきなり、英語で「アイ・ハブ・ア・ロング・テイル、ペラペラ」としゃべり出した。これは女学校時代の教科書に出てきた英文らしい。さらに、ヨシ子さんの短歌をローローと詠みあげるのであった。

「なにげなく夜汽車はかくも淋しきや親しき人と別るる心地して」

ちょっと、もう一度言って下さいよ、と頼んで、メモに書きとめつつ、ははーん、これはじいちゃん（石垣清一郎）の代作だな、と察しがついた。

ヨシ子さんは「まだあるわよ」と言って、

秋の風都へ帰る学友の待合室のトランクに吹く

とスラスラ詠みあげた。これは夏休みの宿題で「秋」をテーマとした短歌である。この短歌も中ノ町のじいちゃんが即興で作ったものを提出して、暗記している。じいちゃんは与謝野鉄幹・晶子が主宰する新詩社の『明星』に投稿する歌人で、じいちゃんの短歌は石川啄木の短歌と並んで掲載された。

小野さんは、同席している大沢末須子さんの短歌も暗記していて、機関銃みたいにダダダダーッと詠みあげた。

大沢さんは、ゆったりとほほえんでいる物静かな人で、宝生流の能をしている。鼓《つづみ》の達人で、東京・千駄ヶ谷の国立能楽堂に出演していた。日本画家としても知られている。

高橋よ志さんは、クラス会に出席するため、東京から出てきた。茶道と生花の師範である。連日、歌舞伎座や明治座に通っている芝居通だ。

「お盆で新幹線が混んでいて夕方六時の切符しかとれなかったのよ」

自分で切符を買って、ひとりで日帰りである。

ヨシ子さんの五人のクラスメイトは、女学校教員、鉄工所オーナー、女性刑事、能楽演奏者、茶道師範で、なにやらミステリー活劇映画ができあがりそうだ。六人のいずれも夫は没している。

女性は、亭主が死んでからまたワンクールの人生がはじまるのである。

あっけにとられている私の前で、みなさん、ピーチクパーチクとよくしゃべり、とどまるところを知らない。

「二年後にまた逢いましょう」

と約束しておひらきとなった。食事代はひとり四千二百十八円だった。小野さんが集計するのに十五分間かかった。百円玉、十円玉、一円玉をビニールの袋につめてレジへ手渡すまでが、また大仕事だ。ヨシ子さんがこんなにはしゃいでいる姿をひさしぶりに見た。

ノブちゃんが他界したとき、「これからどうしたらいいのかしら」としょぼくれていたヨシ子さんは、七回忌をすますと、ふたたび新しい生命が吹きこまれた。ひとえに、あちこちにいるともだちの効用である。

夜寒

ヨシ子さんは、国立の社会福祉会館で開催される老人会へヨロヨロと出かけて、声を枯らして帰ってきた。風邪をひいたのかと心配したが、じつは「なつかしの唱歌」を合唱してきたのだという。ノブちゃんならば考えられないことであった。唱歌に参加したのは女子ばかりで、男子はひとりもいなかった。合唱を指揮したのが唯一の男子で、もと音大付属幼稚園の音楽の先生だった。ヨシ子さんは「幼稚園ではなくて老稚園なのよ」と言って、

合唱にわが声和して秋うらら　　ヨシ子

の句を示した。老人会の翌日は、大学通りで開催される秋祭がある。一橋大学の学園祭と、谷保天満宮の祭礼が一体となって開催され、大学通り沿いに屋台三百店余が並ぶ。さっそく鉄壁四人組が集まってきた。

焼とりを頬張り歩く文化祭　ヨシ子
文化祭いま餅つきの準備中　カンベ
駅ふたつ電車乗り越し日の短か　イトウ
コスモスのゆれてお出かけ日和かな　ニシノ

みなさま、健在である。九十歳の老人とは思えないのは、集まって童心に返るからと察せられる。ひとりでいるとしょんぼりと過ごすが、みんなで集まって行動すると若がえるのであった。

そのうち具合が悪いことになった。老人介護予算が目いっぱいとなり、介護基準が見直しとなり、要介護1だったヨシ子さんが要支援1に下げられてしまった。これにより、いままで受けていたヘルパーさんの介護時間が減らされ、デイ・サービスへも行けず、介護用品を返さなくてはいけない。

「文化祭へ行って焼き鳥を食べたのがよくなかったのかしら」

ヨシ子さんは、肩の力を落とした。

「白靴をはいて散歩したのを見られたのかな」

目がうつろになった。

「元気な俳句を詠むと、目をつけられるんだわ。きっと」

忿懣《ふんまん》やる方ない、という表情でうちひしがれている。いいと思ってやってきたことが裏目に出た。かつてノブちゃんが要介護2に指定されたとき、「ケア・マネージャーの前で元気そうにふるまってはいけない」と諭したのはほかならぬヨシ子さんだった。油断して元気にふるまってきたつけがきた。ヨシ子さんはうつろな目で天井を見あげ、大きな溜め息をつき、メモ用紙の裏に鉛筆で文字を書きつけた。

わが気力……と薄く書き、あとは文字が乱れて、みみずが這ったような字で読みとれない。し・づ・か・に・で鉛筆の芯が宙に浮いている。右手の細い指の血管が青く浮きあがってきた。お・い・しとひらがなで書いた文字は「追いし」ではなく「老いし」だろう。

コホコホと咳をした。

「よさめってどんな漢字だっけね」

と聞かれ、「夜雨」と書いて示した。

「夜雨でなくて、よさむ」

「夜寒、ですね。夜が寒いこと。夜の寒さをしみじみ感じること」

ヨシ子さんの句は、

わが気力しづかに老いし夜寒かな

であった。

「しみったれた句だなあ」

と感想を申し述べると、

「そういう気分だもの」

とつぶやいた。

翌日、ヨシ子さんの申し出によりタクシーに乗って中央診療所へ行った。先生は七十八歳で、一年後に診療所を閉める。長いあいだヨシ子さんの主治医で、ヨシ子さんは「年寄りの気持ちは年寄りの先生にしかわからないわよ」と言っていた。頭髪が薄くなって、度の強い眼鏡をかけ、ひょうひょうとした風貌で、古ぼけた白い板張りの診療所で、ヨシ子さんはながながと話していた。

三十分ほど診察を受け、つぎの患者がきたので、ヨシ子さんは薬の処方箋を受けとって出てきた。タクシーを頼んで、帰りに行きつけの薬局へ寄った。その薬局は、あとから薬を家まで届けてくれる。

家へ帰ると、ヨシ子さんは、俳句歳時記の「秋」の部を開き、「あら！」と小さく声をあげた。

「夜寒はやっぱり秋の季なのね。ちょうど今夜みたいな寒さが夜寒だわ」

と言って一茶の句「次の間の灯《ひ》で飯を食ふ夜寒かな」を指でさした。その句の横に、ノブちゃんが赤鉛筆の線を引いていた。

熱いほうじ茶を入れてヨシ子さんと二人で飲み、

咳ひとつ赤子のしたる夜寒かな　　光三郎

じつは澄江堂《ちょうこうどう》（芥川龍之介）の吟をパクった。ヨシ子さんはよろけそうな字で、

秋季寄せ夫の赤線残りをる　　ヨシ子

と書き添えた。

その夜、二階で原稿を書いていると、突然、暗い中庭が明るくなった。賢弟マコチンが取りつけた照明灯で、人が歩くとサーチライトのような光線が二方向から差し込む。泥棒侵入防止の照明装置である。野良猫が歩いてきても作動するときがあり、目をこらして何物がいるかをさぐった。照明灯は一分ほどで消えるが、小さな人影が見えた。深夜二時である。懐中電灯を持って中庭に降りると、パジャマの上にドテラをはおったヨシ子さんが立って、月を見ていた。

「お父さんへ手紙を書きたくなったの」

と、ヨシ子さんは蚊の鳴くような声でつぶやいた。

「風邪ひいちゃうよ」

と、ヨシ子さんの手をとって、家の中へ入れた。中庭ならばいいけれど、徘徊がはじまるのではないか、と気になった。ベッドまで連れていくと、部屋が乾燥していたので加湿器に水を入れた。加湿器の横に、水道水を入れた小さなペットボトルが一ダース並んでいる。夜は、なにかと考え事をして、なかなか寝つけないという。文化祭や靴のバーゲンセールに行っていたころは歩き疲れるので、寝つきがよかったのに、出歩かなくなると、眠ってもすぐに目がさめてしまう。睡気《ねむけ》を誘うためには、俳句を考えることが効果的であるらしい。あれこれと推敲しているうちに、ひたひたと波のように睡気が押し寄せ、波に包まれて眠りにつく。翌日、ヨシ子さんのベッドの横に二句が書かれていた。

彼の岸へ文届けたし秋の雲

通院や勤労感謝の日を忘れ

ヨシ子さんは、友だちと逢わなくなると、陰陰滅滅とした日々を過ごすようになった。

九月の第三月曜日は敬老の日の祝日で、昔は「老人の日」といった。ヨシ子さんは五軒隣の友だちに誘われたが参加しなかった。市が企画する老人の催しに嫌気を感じてきたようであった。

五軒隣の友だちは、ヨシ子さんより二十歳若いおばさまで、五十年来の知りあいだから、台所から一人で上りこんでくる。ヨシ子さんは、それが嬉しいようだが、ぼくからすると、気になるのだった。台所から上がって中廊下を歩くと、右側が風呂場、洗面所、納戸、トイレで、突きあたりが玄関で、鉄平石のタタキがある。そこから二階へ昇る階段があり、階段を左手に見て左方向へ進むとノブちゃんの書斎のドアがあり、ドアを開けるとヨシ子さんの寝室になっている。台所の入口と寝室は、端から端になっている。そこを歩いて寝室まで入りこみ、眠っているヨシ子さんをおこして長時間話しこむ。そのおばさまは近くの名所へ旅をして、小さな土産を届けてくれる。それはひと口最中であったり、飴であったりして、ヨシ子さんは嬉しそうに応対するのだった。

　まあ、それはいいとしても、家の中に、そのおばさまが無断で上りこんでくるのが、どうにも腑に落ちない。

　その日、おばさまは「老人の日」の手土産として渡された栗饅頭を届けにきてくれた。おばさまは、ぼくより十歳ぐらい年上である。敬老の日だから、ぼくはヨシ子さんが贔屓《ひいき》にしている白十字のアップルパイを差し入れるため台所に上ると、廊下の奥から、おばさまがスタスタと歩いてきたので仰天した。身を低くして挨拶したのだが、どうにも妙な感じである。ぼくが留守のときは、ヘルパーさんがわりになってくれるんだろうか。その日のヨシ子さんの句は、

　　祝はれて何やらさびし敬老日

であった。

その一カ月後、介護を見なおす合同うちあわせ会があった。ヘルパーさんのリーダーやケア・マネージャーなど四名がヨシ子さんの家へ集まった。ケア・マネージャーは要介護1から要支援1になったことで落胆したヨシ子さんを見ている。この日、ヨシ子さんは神妙にひかえていた。ケア・マネージャーがいくつかの質問をはじめると、ヨシ子さんは、

「私は、アルツハイマーです」

と言い、そこに居あわせた人は、ぎょっとして腰をひいた。アルツハイマー病は認知症のことである。脳が萎縮し、記憶力の減退・知能の低下・感情の鈍麻・被害妄想となる。ドイツの神経病学者アルツハイマー博士が報告した病気である。ヨシ子さんは、中央診療所の先生に処方された薬袋を取り出して見せた。新しいまっ白な薬袋には、アルツハイマー治療用錠剤が三カ月ぶん入っていた。

句集『九十二』

平成二十一年（二〇〇九）五月五日、ヨシ子さんの第二句集『九十二』（カリヨン発行所刊）が刊行された。ヨシ子さんは九十二歳となり、それを記念して「九十二」というタイトルをつけ、三百余句が掲載された。ノブちゃんが他界してから九年がたち、序文で市村先生より「句の瑞々しさは驚くばかり。達観が句を懐かしいものにしている」と評された。「あとがき」でヨシ子さんはつぎのように書いた。

あとがき

市村究一郎先生に師事したのは昭和六十二年（一九八七）で、『カリヨン』創刊（平成二年）よりずっと投句して十九年になります。この句集は平成十二年（二〇〇〇）から平成二十年（二〇〇八）までの句をまとめたものです。「カリヨン沙羅の会」は毎月一回、

七、八人のお仲間が句を持ち集ります。七十歳代のころは市村先生の吟行《ぎんこう》に参加して、それは楽しい思い出ばかりでした。八十歳を過ぎると足腰が弱り、吟行に行けなくなりました。この句集をまとめて居りますと、平成十二年に大正生まれの句友と、深大寺《じんだいじ》の菊花展へ行ったときの句が出てきて、そのときのことがつい先日のようになつかしく思い出されます。

八十歳を過ぎてからは、近所の谷保天満宮や大学通りのお花見、朝顔市へ行くのがせいいっぱいで、あとは循環バスに乗って府中へ行くぐらいです。

そのため、身辺雑記か近所の散歩ばかりの句になります。庭に生えている柿、木犀、蜜柑、柚子、椿、梅、紫陽花《あじさい》といった木と、飛んでくる蚊ぐらいしか俳句になりません。似たような句が多くなり、この句は以前詠んだことがある、と思ったりします。それでも市村先生は「それでもいいんですよ」と言って下さるので、気が楽になります。日々思いつくままに句を詠んでいくと、何かしら新しい発見があり、それが生きる力となります。『カリヨン』に参加していたから生きる力をいただいたのです。

祐乗坊美子

句集の中には、ノブちゃんと出かけた菊花展の句も収められていた。

菊花展大正生れ連れ立ちて　ヨシ子

である。ヨシ子さんとノブちゃんはともに大正生まれで、大正時代のモダーンな気分と昭和前期の戦争の影がからみあっている。

深大寺の菊花展へ行くと、丹精した菊の花が並べられていた。大輪や懸崖《けんがい》などさまざまの菊が審査を受け、金賞・銀賞・銅賞などの札がつけられていた。ヨシ子さんの好みは浜菊や野菊といった原っぱに自生する菊で、もう一句、

大輪の菊はよそゆき姿して　ヨシ子

と詠んだ。

本所《ほんじょ》区緑町生れのノブちゃんは浅草育ちで、隅田川沿いに祖父の墓がある。秋のお彼岸の墓参りのあとは、駒形《こまがた》でどぜう鍋を食べた。

ご先祖の法事すませて泥鰌《どじょう》鍋　ヨシ子

そのあと両国の国技館へ行くと、館内にずらりと菊人形が並んでいた。仕上ったばかりの菊人形に、菊師が霧を吹きつけていた。色とりどりの菊の花を組みあわせた衣装が見どころで、歌舞伎の名場面を再現した人形が多い。一番人気は義経であった。弁慶に組みしかれて無念の表情をしている人形の衣装には蕾《つぼみ》ばかりが使われている。あでやかだが、菊人形には一種異様な気配があり、精巧に作られるほど死人の匂いがした。そのときヨシ子さんが黙りこんだのは白菊だけの衣装をつけた西郷隆盛が自刃する菊人形であった。白菊の着物から、鮮血に擬した朱色の菊が曲線となって飛び散っていた。

白菊の西郷自刃の菊人形　　ヨシ子

この菊人形を見た夜、ぼくは怖い夢を見てうなされた。

句集『九十二』は長寿者の句集というところが評価された。白い表紙に朱色で「九十二」と印刷された小冊子からヨシ子さんのローバ・サーチライトが出て、ヨシ子さんにさらなるエネルギーを充塡《じゅうてん》したのだった。句集の最後の三句は、

貼りたての障子に白き日の光
少しづつ蜜柑色づく日向かな
幸せが巡り来さうなおでんの香

であった。
さらにもう一句。

九十にふたつ増やして年の豆

節分の豆まきの吟で、「鬼は外」と声をあげて、九十二粒の豆を投げた。

九十二歳のヨシ子さんは句誌『カリヨン』同人の最年長で、九月に「カリヨン特別大賞」を受賞した。受賞は晴れがましくて嬉しいはずなのに、「受賞式には出席できない」という。そういう席に出るのが照れくさいのだという。

まあまあ、そう言わずに……と、ヨシ子さんの言い分をきいた。平成三年にBSテレビ全国百選のベスト四十句に入選したときは、表彰式に出席することを固辞した。ヨシ子さんの句を採ってくれたのは沢木欣一氏だった。沢木氏は、加藤楸邨《しゅうそん》、中村草田男《くさたお》両氏に師事して東京芸大教授となった俳壇の寵児《ちょうじ》である。表彰式へ出て礼を申しあげるべきではないか、と説得したのに行かなかった。

『カリヨン』の同人からはつぎつぎと祝いの電話がかかってきて、そうこうするうち、ヨシ子さんは、腹をきめたようだった。立川髙島屋へ行き、表彰式に着ていくすみれ色の洋服を新調した。白靴も買った。

「カリヨン特別大賞」の授賞式は、府中にある大国魂《おおくにたま》神社の催事会場で開かれた。車に乗せて会場へ行くと、三百人ほどの会員が集っていた。若い女性が多いのにびっくりした。てっきりヨシ子さんのような高齢者ばかりと思っていた。市村先生の講評のあと、ヨシ子さんに賞状と記念品が渡された。

司会者に「受賞の挨拶を」と言われると、ヨシ子さんはスタスタと演壇に登り、女学生みたいな甲高い声で話しだしたので二度仰天した。下書きの紙も持たず、五分間しゃべった。

立って、よどみなく挨拶できたことが、ヨシ子さんに自信をつけた。一番びっくりしたのはヨシ子さん本人ではないだろうか。

九十二の秋

ヨシ子さんは、アタマはしっかりしているが、足腰が衰えてきた。日暮れどきに、手押し車につかまって、ガラガラと家の周囲を散歩している。よろけながらもしっかりと生きているのは、夕暮れ散歩の成果で、ぼくよりも運動量が多い。一日じゅうだれとも会話をしない日がつづくと、老人は呆けてくるから、できる限り話をするようにしている。

ヨシ子さんの女学校時代の同級生は五人ほど生きていて、遠距離電話がかかってくる。そのうちのひとりが「わたしはあと二日で死ぬ」といったらしく、「呆けちゃったのかねえ」と不安そうにつぶやいた。別の同級生には「あと二、三日で死ぬ」といったらしい。どうして、そんなことがわかるのかしら。いつも「あと二日後に……」っていうんだよ。変ですよ。いちいち「あと二日」と電話することはないのにねえ。

ぼくは大声で「まったくそうだアア」と答える。耳が遠いので、怒鳴るように大声をあげてから「じゃ二階へ行きますよ」といって階段を昇る。

三時間ほど仕事をしてから様子を見に下りていくと、台所の椅子に坐ったまま、テーブルにうつぶせていた。「やはり体調が悪いのかな」と背中をさすると、むっくりと起きあがって、生協のカタログを見せ、この靴下はどれがいいかね、と意見を求められた。それは足の指が五本入る靴下でいろんな種類がある。足首にゆるくしまる靴下をさがしている。きつくしまる靴下は足首が痛くなって、あとがつくらしい。

カタログの小さな写真を見くらべ、二足で七百五十円だから、どれも安物ですよ。ケンちゃんとこのサッちゃんは、もっと上等の靴下をはいていたから、ああいうのがいいけど、生協のカタログは安いのばかりだ。

安いんだから、これとこれ、二セット申し込んだらどうですか。ボールペンで申込用紙に商品番号を書き入れた。あとは、冷凍うどんとサツマイモと大根半分の商品番号を書きこんで、勝手口の外の箱に入れておくと、数日後に届けてくれる。生協の配達品がヨシ子さんの生命線である。

台風17号がきた夜は、中秋の名月の日であった。家じゅうの雨戸を閉め、午前零時に外へ出てみると、頭上に満月が見えるじゃありませんか。風が強く雲が流れていく。台風の目が東京にきているのに、満月がこうこうと照っているのだった。

夾竹桃《きょうちくとう》の木が揺れ、月に照らされた樹影が、道路をはさんだ隣家の壁にうつっている。樹影がざわざわと音をたてて揺れている。折れた松の枝が乱れ飛び、駐車場の自転車が倒れ、どこからかプラスティックのゴミ箱が転がってくる暴風のなか、満月が輝いている。ぼくの影も道路にくっきりとついていた。

風が強いので、雲を吹き飛ばしてしまった。雲が動いていくのだが、月が流れるように見えた。ヨシ子さんをおこして中秋の名月を見せてあげようと思ったが、屋根の上まで飛ばされそうなのでやめた。


台風17号のあとも台風予報があり、雨戸は閉めっぱなしにしたままだったが、ようやく秋日和になったので雨戸を少しだけ開けると、湿り気のある冷気が部屋に入ってきた。

中庭の柚子の実が金色の実をつけている。浜松中ノ町の柚子の苗木を植えて四十年になる。柚子の木は枝に鋭い棘《とげ》があるため、下から竿竹で叩き落とす。葉をつけたまま柚子の実がドスドスと落ちてきた。地面に落ちて割れた柚子の実から香気がたちのぼる。


柚子熟れてわが長生きのはじまれり　　ヨシ子

蒼天にとり残されし柚子の色　ヨシ子

柚子の香がついた指でボールペンを持ち、ヨシ子さんは俳句ノートに書きつけた。ヨシ子さんの俳句脳は台風前後に冴え渡る。

二階の書斎では深夜三時ぐらいまで原稿を書いている。書き終わるとソファに坐ってジャズのCDを低い音で聴きながらウィスキーを飲む。中村誠一のサックスを聴きながら雨戸の外を見ると、あっと声をあげた。雨戸を開けたわずか三十センチほどのすきまに月が見えた。楕円形の月である。雲がゆっくりと流れていく。雨戸のすきまは、たて長の短冊の形をした闇である。闇の短冊の上に、楕円の月がかかり、短冊に句を書きたくなって、「名月がジャズ聴いている今宵かな」と、人差し指でなぞった。

するとと人差し指の影が目に入った。月が指を照らしている。うっとりとしながら、ウィスキーをおかわりした。

月は雲を裏側から桔梗《ききょう》色に照らして、雲のはしが銀色ににじんでいる。目をこらすと楢《なら》の葉一枚の輪郭《りんかく》までがくっきりと見えた。階段を下りると、ヨシ子さんが起きてきて、台所で水を飲んでいた。さっき、マチ子さんの息子から電話があって……と、ヨシ子さんが言う。マチ子さんが入院したそうだよ。私は見舞いに行けませんよ、名古屋だからねえ。マチ子さんはヨシ子さんのいとこで九十五歳である。入院したということは、危篤という意味なのだろうか。そのへんの事情がわからないが、すでに深夜三時になっている。玄関横の小窓のガラスにうっすらと月が映っている。月はゆっくりと西へかたむいて厚い雲の峰にかくれた。

月光のうき世くまなく渡りゆく　　ヨシ子

ぼくも水を飲んでふーっと溜息がでた。

食いしん坊、ヨシ子さん

ヨシ子さんは食いしん坊である。ノブちゃんはひょろりと痩せて長軀だが、ヨシ子さんは、ぽっちゃりしている。ぼくは顔はノブちゃんに似ているが、体型はヨシ子さん似である。両親の「悪いところ」だけが遺伝したとヨシ子さんに言われている。賢弟マコチンは痩せていてノブちゃん似である。次弟ススムはヨシ子さん系で、ずんぐりむっくり。ヨシ子さんの得意料理は一におでん、二がテンプラ、三は栗ごはんである。

炊きたての栗のご飯をよそひけり

という句があるが、ノブちゃんは栗をよけてごはんだけを食べた。衣がたくさんついた野菜のテンプラを大量に揚げて、それから三日間は残りの天ぷらばかりを醬油味で煮ておかずとした。おでんも一度に山ほど作る。三人の息子がいたから質より量であった。食糧難の時代だったので、どこの家も同じようなものであった。

庖丁のおろし初めの海鼠《なまこ》かな
紅生姜ほどよく染まり瓶に透く
ちちははに七種粥《ななくさがゆ》の湯気供へ
新米を食べて何やら若がへり
白菜の即席漬や独り膳

は、ヨシ子さん九十三歳の句である。正月に海鼠をおろしたのを最後に、ほとんど庖丁を使わなくなったが、暮れになると大根を炊いた。鶏の手羽肉と一緒に水煮にして、辛子《からし》ぽんず醤油で食べた。

厚切りの大根煮ゆる十二月

暮れになると、ヨシ子さんは、いつにもましてあわただしくなる。
台所にあるテーブル席が食堂となっているのだが、柱に筆ペンで「一陽來復」と書いた紙が貼られている。ノブちゃんがワラ半紙に記した文字が貼られたままだ。一陽來復は、冬至のことで十二月二十二日ごろ。一年のうち昼の時間が一番短い日である。ノブちゃんの句に、

そそくさと妻が出かける冬至かな

がある。ノブちゃんが他界して十年たち、色がすすけた「一陽來復」の文字が湿った枯葉みたいに張りついている。冬至のあとはクリスマスとなり、小学生のころ、賢弟マコチンが、

赤青の輪が揺れているクリスマス

と子どもらしい俳句を詠んだ。兄弟三人で色紙を細長く切って輪にしてつなぎ、台所の食卓の上に飾った。色紙の輪は幸せを運んでくるような気がした。

大学生のとき、サンタ・クロースのアルバイトをやった。といっても「よい子に贈り物を届ける」役ではなく、赤い帽子に赤い服を着て、渋谷・道玄坂の大衆居酒屋へ客を呼び

こむ仕事だった。

サンタ・クロースは八頭のトナカイにひかせたソリに乗って、北の国からやってくる。本来ならおおっぴらに姿を見せない。通りすがりの子にジロジロと見られると申し訳なく思った。

サンタ・クロースは、アメリカの伝道師が日本へ連れてきた。戦争中は「鬼畜米英」で、サンタ・クロースのサの字もなかった。

戦争に負けて、食料がなく、焼け跡の町へ、ある日突然、三太《さんた》のおじさんがやってきたのだった。ぼくは黒須三太《くろすさんた》という人物がサンタ・クロースの正体であるという作文を書いたことがある。

それがあっというまに広がったのは、子どもたちへの贈り物があったからだ。イエス・キリストが誕生した前夜、クリスマス・イブに、サンタ・クロースが贈り物をくれる、なんていう作り話を、クリスチャンでもない日本人が受け入れた。

クリスマス・イブの夜は一年ごとの概算で、いい子には贈り物があり、悪い子には小枝が与えられる。そうと知ると、クリスマスが近くなるたびに、掃除や洗濯の手伝いをした。小枝なんて欲しくなかった。

サンタ・クロースの始祖は四世紀のころ人々に慕われた聖ニコラス（愛称はシント・ク

ラウス）で、子どもや学生の守護神であった。シント・クラウスがなまってサンタ・クロースになった。ニューアムステルダム（ニューヨーク）へ渡ったオランダ系清教徒たちがひろめた、という。

昔のサンタ・クロースは緑色の服を着ていた。それが赤服になったのはコカ・コーラ社の宣伝のためである。冬季オリンピックの最大のスポンサーであるコカ・コーラ社が、サンタ・クロースの服を缶コーラと同じく赤色にした。これはアメリカのコカ・コーラ社の人にきいた話である。

クリスマスツリーは、昔はカシワ（オーク）の木に人間をつるしていた。農業神への生けにえだった、と北欧神話に書いてある。その悪習を八世紀のイギリスの伝道師が改めた。おもちゃを飾るようになったのは十八世紀という。ものの起源というのは、じつはおそろしいことになっている。

十二月二十四日をクリスマス・イブとしたのもいくつかの事情があって、冬至にあわせたらしい。冬至のあとは日が長くなるから、太陽への感謝祭という意味もこめられている。日本でも冬至は、ゆず湯につかったりして一陽來復を祝う。春の訪れを祝うという意味では同じ趣旨である。

と考えると、キリスト教徒でもない日本人がサンタ・クロースを受け入れる下地があった。ぼくは日本が無条件降伏したときに三歳で、五歳になると父が復員したが、物価は上がるし、食べるものがなく、クリスマスなんて知らなかった。

七歳のとき、風の噂で、サンタ・クロースがいるらしい、と知った。同級生の子から、クリスマス・イブの夜、枕もとにキャラメルが置いてあった、という話をきいて、うらやましいと思った。

日本じゅうが貧乏で、マッチがようやく自由販売になった。麦の穂をかんでチューインガムの代用とした。町には戦災孤児がうろついていたし、餓死する子もそこらじゅうにいた。紙芝居屋はきても、サンタ・クロースがくるような時代ではなかった。けれど、くるところにはきていた。

医者をしていた浜松のおじさんが三軒長屋のわが家にきたとき、「サンタ・クロースは本当にいるのですか」と訊いてみた。「いるさ。いる、いる」とおじさんはうなずいた。ことしのクリスマスには、やってくると思うよ、といって、おじさんは帰っていった。

そのあと腸閉塞の手術をして一命をとりとめて、退院してから、しばらくは家でボーッとしていた。十二月になると、サンタ・クロースがくるかどうか、心配になった。

十二月二十四日、浜松のおじさんから小包が届いた。わ、これはサンタ・クロースからのプレゼントだ、と直感した。そう思うと興奮して小包を叩いたり、さすったりした。ヨシ子さんが外出中だったので、待ちきれず、小包をあけてしまった。なかには、風邪のコナ薬がぎっしりとつめこまれていた。

雪積む屋根

お正月そうそうヨシ子さんが風邪をひいた。
十二月二十五日に雪が降り、

戸を繰ればまさかまさかの雪積る　　　ヨシ子

と風流に詠んだまではよかったが、寝室にすきま風が入りこみ、一晩で熱を出してしまった。タクシーに乗せて診療所へ連れて行き、注射を打って、処方箋を貰い、錠剤の薬を買った。猛威をふるっていたインフルエンザではなく、ただの風邪であったが、九十三歳になるヨシ子さんは、元旦から寝こんでしまった。マスクをつけてベッドの部屋に寝たきりとなり、やってきた客も寝室には入れなかった。

年をとると、風邪は、悪霊のようなものである。体内に棲《す》みついてなかなか出ていかない。ヨシ子さんの寝室へ入るときはマスクをかけた。

ぼくは風邪を憎むことはなはだしく、風邪の菌に感情的にいらだつ。雑誌や新聞の連載をかかえつつ、あちこちを飛びまわっているため、ひとたび風邪をひくと、スケジュールが狂ってしまう。フリーの物書きは日雇と同じで、休んだらそれっきり。だれも助けてくれないし、定休日があるわけではない。そのため、はげしく風邪を憎むようになった。二重にマスクをつけてヨシ子さんの部屋へ食事を運び、必要以上の話をしない。暖房をつけると部屋が乾燥するため、加湿器に水をみたして湿度をあげる。


マスクしてマスクの人と目をあはす　　ヨシ子

と、ヨシ子さんの俳句手帳に書きつけてあった。

ベッドの横に置いてあるラジオが大きなボリュームで、ニュースを伝えている。中東の難民がヨーロッパへ押しよせ、パニックがおきている。難民がインフルエンザにかかったときはどうなるのだろうか。マスクの句の横に、

難民のニュース聞いてるお正月　　ヨシ子

があり2Hの鉛筆の線がたてに引かれて消してあった。その横に、

白雲は雪積む屋根に流れけり

の句があり、マルをつけてあった。

ヨシ子さんは、一週間ほどで回復して、関民《せきたみ》さんが作った帽子をかぶってデイ・サービスへ行き、施設の小型バスに乗って谷保天満宮へお参りした。天満宮の境内で遊んでいる子を見て、つぎの二句を得た。

石蹴りの子に日の当る冬休　ヨシ子

新しい帽子かぶって初詣　ヨシ子

風邪をひいても、デイ・サービスへ通っても、念仏のように駄句・名句がいりまじって唱えられる。俳句はヨシ子さんの呼吸であり、日記帳なのであった。

寝室の大きなガラス戸を開けて窓沿いに置いてある梅盆栽に水をやる。部屋から手をの

ばして小さなペットボトルに入れた水をかけるのが日課となった。ノブちゃんが育てていた盆栽はほとんど枯らしてしまったが、梅だけはしぶとく生きている。家に居ついた野良猫ニャアは、枯れた芝生に寝ころんでいるが、猫嫌いのヨシ子さんには近づかない。ヨシ子さんには「猫きらひねずみ嫌ひやおぼろ影」という句がある。そのうち盆栽の花のつぼみが開き、花の香が庭いちめんに広がった。

鍋に入れたままの鰤《ぶり》大根を煮直して皿に盛るころは、めでたく全快となる。近所の福祉会館で催された老人新年会へ出かけた日はからりと晴れた青空が広がっていた。というような日常の断片が、俳句ノートに記されていた。

鉢植えの小さな花が香を広げ
鰤大根また煮返して皿に盛る
新年会今日よく晴れて杖とゆく

ノブちゃんが他界して十年がたった。三兄弟がそろって墓参りをすると、ノブちゃんのいい思い出だけが残る。ヨシ子さんは掘り炬燵に足を突っ込み、

春炬燵ひとり占めしてひとり言

と、ムニャムニャ詠んでいる。

平成二十三（二〇一一）年三月十一日、東日本大震災がおこった。地震と津波・福島第一原発事故で、日本列島はパニック状態に陥った。東京電力・福島第一原子力発電所が爆発し、見えない放射能の恐怖にさらされた。

日本じゅうが虚脱状態となり、どうしたらいいのかわからぬ無力感に包まれた。俳句を詠む気力はなかった。

句誌『カリヨン』を主宰する市村究一郎氏が十一月二十六日八十四歳で他界された。この年ヨシ子さんが詠んだのは市村先生を追悼する、

さよならとカリヨンが鳴る年の暮　　ヨシ子

ほか数句のみであった。

六十七回目の終戦記念日

平成二十四年一月、ヨシ子さんが九十五歳になった翌日、ぼくは七十歳になった。二十五歳と一日差でぼくはヨシ子さんを追いかけていく。

前年十一月にヨシ子さんは、緩慢なる老化が認められて要介護1に戻った。要介護1の通知があったのは勤労感謝の日で、

皺ふえるわが手勤労感謝せり　　ヨシ子

と、しょぼくれた句を示した。手の皺がふえたのだから要介護1は当然の判断だという鬱鬱とした自己診断だろう。

一年前には、

両手足さする勤労感謝の日　ヨシ子

と詠み、この吟には要支援1に下げられた焦燥感がこめられていた。勤労感謝の日とは「勤労を尊び、生産を祝い、国民が互いに感謝をしあおうとする日」で旧・新嘗祭《にいなめさい》である。冬に入り、寒さが一段と強くなるため、老人は手足をさすったり皺を見つめて、老いていく自分を見定める。

あんまりぱっとしない句だなあ、と言ったら、杖をついてプレスタウンを一周してきて、

勤労を杖に感謝の日となせり　ヨシ子

という句になった。

じつのところ、ぼくは七十歳になるのが楽しみであった。七という素数が好きで、七十七歳が「第三の絶頂期になる」、という確信がある。七十七歳にして、大いにグレるという予感がする。これを七十代絶頂説といいます。人によっては、八十歳がウルトラ絶頂期。九十歳はミラクル神秘期である。

年寄りは、「これからが青春だ！」と宣言したがるけれど、昔から青春というのが億劫《おっくう》

だし、若造りのジジイというのもなんとなく恥ずかしい。老骨をひきずって走る市民ランナーも苦手で、じゃあ死にたいのかと訊かれれば、もうちょっと、といって、実は絶頂期。七十坂の絶頂と野心を隠して近所の居酒屋で酒を飲んでいたら、女主人が、

「あら、嵐山さんの指」

といって中指をつまんだ。

「ペンだこが小さくなりましたね」

いわれるまで気がつかなかったが、右手の中指にあったそらまめみたいなペンだこがへっていた。5Bの鉛筆を使った手書きで、筆圧が強いから、ペンだこがめだっていた。編集者のころより鉛筆書きで、それを五十年ちかくつづけた結果こうなった。

ペンだこが小さくなったのは、そのぶん執筆量が減ったのである。気になってカッターで削っていたペンだこが自然消滅しようとしている。

文筆業者は、仕事の注文がこなければ、もはやこれまでと諦め、飢え死にする。

それでセッセセッセと文章を書いているわけですが、盛り場をうろついてはとまどい、路地へさ迷いこんでは青苔が吹き出した不動明王像を拝し、暗がりで売っている蛍の青い光に目をうばわれる。

終戦記念日に、ヨシ子さんは、

黙《もく》禱《とう》の一分長し終戦日

と書いた句をノブちゃんの仏壇に供え、「終戦ってのはもう六十七歳になる」といった。戦後六十七年たったという意味らしい。

天皇の玉音放送があったとき、ヨシ子さんは二十八歳で、ぼくは三歳だった。ラジオから天皇の放送が流れたときは、音がザーザー鳴って、なにを知らせようとしているのか、ヨシ子さんはよくわからなかったという。中ノ町のじいちゃんがひとこと「負けたか……」といって、ようやく、日本の敗戦を知った。

あの日は、雲ひとつない晴天でしたと、ヨシ子さんが言う。玉音放送があった翌日からは空襲がぴたりと止まって、米軍爆撃機は飛んでこなくなった。

戦前にノブちゃんがひとりで編集していた雑誌は、印刷とデザインに関する業界雑誌で、巻末の編集後記には豆つぶのように小さな活字で軍部批判が書いてある。逮捕されなかったのが不思議だが、部数が少ないので憲兵の目にとまらなかった。

ノブちゃんの仏壇に線香をあげ、鉦をチーンと鳴らすと、ウーウーウーとサイレンが鳴った。空襲警報を思いおこすサイレンの音は、一瞬、狼《おおかみ》の遠吠えを思わせたが、高校野球のサイレンがテレビから流れてきたのだった。

仏壇の前でヨシ子さんの自慢話がはじまる。何度も聞かされてきた貧乏話である。

戦場帰りのノブちゃんは荒れていて、狼亭主であったらしく、さんざんヨシ子さんを泣かせ、困らせた。ひととおり苦労話を聞いてから、仏壇の鉦をもう一度、チーンと鳴らした。

戦後なくなったのは、爆撃、憲兵、徴兵、国防婦人会、軍事教練、興亜婦人会、少年戦車兵、同伴外出禁止、モンペ部隊、戦陣訓……。

もうひとつは戦死。

戦死した親族の話をするとつらくなるので、「映画を観に行きましょう」と誘ってみた。立川シネマシティのシネマ2で「おおかみこどもの雨と雪」というアニメーション映画を上映している。

あたしゃ行きません。狼こどもなんて、おまえさんで十分です。ヨシ子さんがこういうのはわかっているから多摩交通（タクシー）を呼んでおいた。

席は予約してあって、上映は午後三時四十五分からだ。いまは三時だから間にあいます。

ヨシ子さんを映画館へ連れていくには、手管がいる。タクシーが到着すると、拉致するように席へ乗せて、はい出発！　となった。

映画が終わってから、髙島屋の九階で天ザル食べましょう、天ザル、天ザル。天ザルはヨシ子さんの好物である。

終戦の日はスイトンを食べるのです。断じてスイトン……、だけど、天ザルもいいわね。ヨシ子さんに動揺が見られたところで映画館に到着した。ヨシ子さんもぼくもシニア料金で千円。水やウーロン茶は飲まない。上映前には必ずトイレへ行く。

映画がはじまると、ヨシ子さんが身をのりだした。この映画の前半は国立が舞台になっている。主人公の花（おおかみこどもの母）は一橋大学の学生で、クリーニング屋でアルバイトをしている。このクリーニング屋は国立の旭通りにある店だ。

一橋大学の時計台、大学の構内の林も出てくる。大学通りの銀杏《いちょう》並木が出てくる。銀杏の樹がクリスマスツリーになるのは暮れのおなじみの風景である。

国立は、いまや細田守監督が映画の舞台として使うほどのクラシックな町になった。

一橋大学の森には狸《たぬき》の親子が棲んでいて、わが家の庭にまで遊びにくる。

とどめは喫茶店の白十字である。大学通りにある白十字は、ヨシ子さんグループのたまり場である。九十五歳のヨシ子さんを筆頭に、九十三歳、九十一歳、九十歳という国立のローバ連中が集まる憩いの店である。

あ、白十字……とヨシ子さんはつぶやき、感無量の表情であった。いきつけの喫茶店が、アニメーションの背景となっている。何十年と通っていた店が、映画に登場している。ヨシ子さんは大いに満足して、白十字のアップルパイは日本一の味だ、と自慢し、「すばらしい映画」とうなずき、映画終了後は再びトイレに行ってから、髙島屋の九階で天ザルをぺろりとたいらげた。ヨシ子さんの一句は、

新蕎麦《そば》のあとのそば湯を待ちてをり

で、このようにして六十七回めの終戦記念日は過ぎていくのでした。

紫陽花の花

九十六歳になるとヨシ子さんは、あまり句を詠もうとしなくなった。俳句を作っても、発表する場がない。〆切りというのは、プロだけでなく、アマチュアにも必須の条件である。ヨシ子さんが「〆切りだ、どうしよう」と、悩んでいる姿を、ぼくは「大げさだなあ」と思って見ていた。ぼくは毎日が〆切りであって、ひとつ終わるとつぎがある。だから「〆切りは日常」であって、これを「〆切り人生」と自嘲（じつは自慢）していた。それはヨシ子さんのようなアマチュアの俳句愛好家では、いっそう重要なこととなるのだった。

ヨシ子さんの俳句脳を活性化するため、日に一度「ふたり句会」をすることにした。といっても、縁側に坐って俳句ノートに思いつくまま句を書きつけるだけである。

ノブちゃんの仏壇がある十畳の和室からは、廊下ごしに庭の紫陽花が見える。紫陽花の花は一年おきによく咲くが、今年は、萼《がく》の花が鮮やかな色をつけた。ヨシ子さんに「紫陽花の花を截《き》ってこい」と言われ、脚立に乗って色づきのいい蕚を三輪截った。手に持つと、ずしりと重い。枝に蝸牛《かたつむり》が一匹這《は》っていた。蝸牛を草むらの枝へ放ち、ヨシ子さんに渡して、青磁の花瓶に活けた。

梅雨の日曜日にいとこ四人がお揃いでヨシ子さんの家にやってきた。ヨシ子さんは、この年の一月から要介護2に更新され、フーラフラとノンキに生きている。

四人のいとこは名門、田中さんちのきょうだいで、父の姉の子たちである。タエ子さん（七十八歳）、ヒサエさん（七十五歳）、ヤスオちゃん（七十三歳）、ケイ子さん（七十一歳）、光三郎（七十一歳）と七十歳以上が五人揃うと壮観だった。ヤスオちゃんとは小学校時代は兄弟のような仲よしだった。

ヤスオちゃんは四年前に心筋梗塞で倒れて、救急車で病院へ運ばれた。しばらく車椅子の日々で、リハビリにはげみ、この日はステッキなしで歩いてきたのがご立派であった。

なんで四人のいとこが来たかというと、五月にいとこのキミ子姉さんの法事があり、そこで、賢弟マコチンが田中きょうだいと話しあった。昔はしょっちゅう会っていたいとこたちは七十歳をすぎると、会わなくなる。会うのは葬儀と法事のときぐらいで、これはナントカしなくてはいけない。そこで田中家のきょうだいが国立のヨシ子さんに会いにくることになった。

ところがヨシ子さんのスケジュールは、月・水・金はヘルパーさんがくる、火はマッサージの先生と、決まっている。月に一度は主治医の往診があり、老人会、お食事会、と予定がつまっていて、ときには中学生がくる。老人から昔の話を聞く課外学習があって、昨年は中学三年生のお嬢様ふたりがお見えになった。

ヨシ子さんは関東大震災や東京空襲の話をした。きのうのことは忘れるのに昔のことはよく覚えている。四月にそのお嬢様が三人ぶんのシュークリームを持参して、高校入学の報告にきた。ひとりは府中高校、もうひとりは日比谷高校に合格したという。

ヨシ子さんが人に会えるのは日曜日だけで、私のスケジュールをそれにあわせて、強引に一日をあけることになった。客がくる日は、寿司かうな丼の出前をとるのがヨシ子さんの流儀である。

名門、田中きょうだいは、ヨシ子さんが気を使わずにすむよう、弁当を持参すると申し出てきた。以前もそういうときがあった。

ヨシ子さんや賢弟マコチン、ぼくのぶんも持参するというから、じゃあそうして下さい、と依頼した。ヨシ子さんは親戚のなかでは最長老で、なりゆきまかせの人である。なにごとも「はい、そうしましょう」となる。

四人へのお土産を用意しなさい、とヨシ子さんに命じられて神楽坂「五十鈴」の甘納豆を買っておいた。

あと用意するものは冷えた麦茶と水ヨーカン、食後のメロンが定番である。ヤスオちゃんはビールを飲まないし、クルマできた賢弟マコチンも飲まない。十一時半ごろ到着した田中きょうだいは、「美濃吉」の弁当を持ってきた。

ヨシ子さんへは「すずらん」というNPO法人から七百円の弁当が届けられる。このうち三食ぶんは市の補助金二百円がつく。

すずらんは一週間ごとのメニューを持ってきた。そこには毎週ヨシ子さんの句が印刷されている。ヨシ子さんの句集から引用しているので「たまには他の人の俳句にするように、いってやろうかしら。昔はそうしていたのよ」という。

ヤスオちゃんも俳句をつくる。白い口ヒゲを生やして「ヒデちゃんにそっくりだといわれる」んだって。ヒデちゃんとはぼくのことだ。ケイ子さんが「私もヒデちゃんに似ている、といわれます」という。

ヤスオちゃんはノブちゃんとも顔が似ていた。

ぼくらは「あやまれる一滴」世代という。召集されて出征するとき、男子は妻と性交中にコンドームをつけずに射精するのをつつしむべきで、戦死すれば妻は子をかかえて路頭に迷うことになる。であるにもかかわらず、つい気がゆるんで一滴を出した結果、アンポンタンな昭和十七年生まれが出現した。小泉純一郎、小沢一郎氏がぼくと同じく昭和十七年生まれである。

と、上等な弁当を食べつつ、昔の話に花が咲いた。田中家の三人娘はいずれも美人であったから、わが家に泊まりにくるときはぼくら三兄弟はいずれも興奮して血が騒いだ。その美人三姉妹がお婆様になった。ギリシャ彫刻の美人像を思わせるヒサエさんの息子は防衛大を卒業して自衛隊に入り、北海道に駐屯中という。

ケイ子さんは、できたばかりのクリニックに通っている。それは亡くなったキミ子姉さんの息子が開業した診療所で、客が来ないとみっともないから、夫も連れてなにかと出かけるらしい。

紫陽花の下に、昔は三日月の形をした細長い池があった。睡蓮が咲く池であったが埋めたててしまった。キミ子姉さんの息子兄弟がきたときその池に弟が落ち、兄さんがすぐ助けたという。

麦茶をガブガブ飲み、水ヨーカンを食べ、メロンを食べてから、また別の水ヨーカンとなる。ヤスオちゃんのリハビリ話は、なにやら落語の人情噺といったところ。

ヨシ子さんは耳が遠いので、都合の悪いことは聞こえない。午後三時半には、みなさまがお帰りになって、なんだか小津映画の一シーンのようだった。ヨシ子さんは「みなさん、今日が見おさめで、私の生前葬でした」と嬉しそうだ。

そのあと「ふたり句会」をした。

かたつむり空を見たくて顔を出す　光三郎

紫陽花の花の重さを活けにけり　ヨシ子

たんたんと、しかし確実に月日は過ぎていくのです。

年をとる

平成二十六年（二〇一四）三月十四日、東銀座のホールで開かれた立川志らく落語会へ行くと、隣席に安西水丸が坐っていた。水丸は大切な旧友で、水丸家とは親戚のようなつきあいだった。水丸は「七十歳を過ぎたのに、なんでこんなに忙しいんだろう」とつぶやいていた。落語会のあと、タクシーで青山の水丸事務所まで送り、自宅へ帰った。水丸が鎌倉の家で倒れたのはその三日後の三月十七日で、十九日に急逝した。七十一歳だった。

一九八八年、水丸（当時四十六歳）とニューヨークへ行き、かつてますみ夫人と暮らしていたアパートを訪ねた。フジテレビの深夜番組「NY者」（氏家力ディレクター）の俳句吟行であった。一日だけの吟行で、ぼくは「ハドソンに女神飛び込む水の音」というふざけた句を詠み、雪のローレルヒル（お墓）で、水丸は、「小雪降るマンハッタンやはっか菓子」（水夢＝水丸の俳号）の句を示した。盟友であった水丸は手品みたいにヒュードロンと消えてしまった。

年をとる、という行為は年という真珠の玉を手に入れることである。誕生日がくるたびに、宝物をひとつとる。子どものころから年をとるのが嬉しくて、小学校一年生になれば二年生にあこがれ、六年生になれば早く中学生になりたいと願った。中学校の三年間はあっという間に終わったが、忘れがたき三年間だった。

高校生になると後輩の中学生が挨拶するので偉くなったと勘違いした。

就職してしばらくたつと会社の仕組みにがんじがらめになる。理屈は通じない。努力は評価されず、理不尽な言いがかり、驕《おご》る上司による罵倒、お世辞と皮肉、忠告と説教、恩と仇のはざまで格闘した。そのおかげで鍛えられ、一つ年をとるごとにこの世の実態を学び、会社の希望退職募集に応じて退社した。退社した仲間七人で、自前の出版社を作った。

という次第で五十歳まではムガムチューのうちに終わってしまった。昔は「人生僅《わず》か五十年」であった。五十歳は、なってみるとぜんぜん老人ではなく、体力はあるし、アイデアはガンガンわくし、金銭が入ってくるし、身をもてあます日々だった。

六十歳になって、一人前に還暦の宴を開いた。年をとることをシミジミと意識したのは還暦で、それまでのように精力的には動けなくなった。「年には勝てぬ」と思い知らされ、無鉄砲なことをすると「年寄りの冷や水」とひやかされた。そうやって煉瓦《れんが》を積みあげるように用心ぶかく年をとってきた。一年間が短く、あっというまに終わり、親しかった友人が消えていく。友人が死ぬことは自分の一部が死ぬことで、つぎは私が死ぬ番だと覚悟した。

ヨシ子さんは縁側の椅子に坐って、庭に咲いているダリアの花を見ている。ひさしぶりに「ふたり句会」をした。

ひとくきのダリアぽきりと折れており　　光三郎
風通しよくて大輪ダリアかな　　ヨシ子

人間が生きる行為を独楽《こま》にたとえる人がいる。独楽は勢いよく廻っているときが安定している。回転が遅くなってぶれはじめるのが人間でいえば七十歳となる。

独楽の回転が遅くなったとき、紐で独楽の側面を叩いて廻した。ひっぱたくと独楽はふたたび廻りはじめるが、それも限度があって、傾いてゴローンと止まってしまう。止まっても死んだわけではなく、もう一度、紐をまいて廻せばいい。それが七十歳からの人生ということになる。

ぼくも七十歳から紐をまきなおして、ブンブンと廻った。独楽の軸が小石などの障害物にあたると弾《はじ》きとばしてしまう。適度な速度で廻って、七十六歳になった。

七十代というのはじつは絶好調の時期であることを身をもって実感した。力まずに生きていくと、かえって効率がいい。定年まで会社勤めをしていれば、こうはいかなかったろう。一瞬がすべて勝負となった。

年をとって驚くのは、自分より年上の人が悠悠と生きていることである。年上の人が活躍していることにはげまされる。

高校の同級生が集まるとみんな年をとっている。白髪の人はいいが、大半がまだらハゲである。頭髪が雪どけで泥がまぶされたタンポの蛙みたいになる。胸に名札をつけた羽抜鳥オヤジが同窓会会場を歩き廻り、酒に酔って奇声をあげて騒ぎ、壇上にあがって、うろつく。

六十代の同窓会は病気が話の中心だったが、七十代になると話題は葬式と墓になる。あ あ、やだやだ、こんなジジイと一緒にされたくない、とヘキエキしつつ記念写真を撮る。あとで送られてきた写真を見るとぼくが一番目つきが悪いのでダアとなった。

他人のまだらハゲや皺だらけの頬や貧相な目尻はわかるが、自分の姿は見えない。けれど、自分のカラダが弱っていくことが面白い。

だって、昔できたことができなくなるんだから、笑っちゃいますよ。鉄棒にぶらさがれない、廻し蹴りができない、全力で走れない、大事なことを忘れてしまう、すぐ眠くなる。やたらと屁が出る、前歯が抜ける、新聞が読めない。どれもこれも面白いじゃありませんか。

七十歳をすぎた高齢者は思ったことを正直に言うから失言となる。失言は呼吸の一種ですから、取り消さなくていい。言葉の泡です。これにより、すべての老人は冗談を言って生きていけばいいのです。

年をとったら努力をするな。ダラダラと過ごす。暑いときは庭に水をまいてりゃいいんです。衰えた自分に驚いていればいい、と講釈したら庭を見ていたヨシ子さんの目玉がピカッと光った。

芝生のあいだでかまきりが踊っている。遠くの空で花火があがる音がした。道路でキャッチボールをしている子のボールが飛び込んできた。たちまち「ふたり句会」がはじまった。

たそがれて音のいずこや遠花火　　ヨシ子
垣根越しボール飛び込む夏休　　光三郎

水うてばかまきり踊る夕べかな　ヨシ子
鳴きながら庭飛ぶ蟬の影三つ　光三郎
朝顔の買はれうき世の花となる　ヨシ子

大型で強い台風

九十六歳の誕生日を過ぎるとヨシ子さんは大量に紙おむつを注文して、ベッド横の棚に積んでおくようになった。薬とラジオはベッドの横のテーブルの上。移動する簡易便器、緊急連絡用ケータイ電話、小型ＣＤセット、寝ながら見ることができるテレビ。デイ・サービスには週四回通う。朝、お迎えの小型バスがくると、意気揚揚と乗りこんで、はがき絵や折り紙を持ち帰る。

耳が遠くなり、新しい補聴器を買った。古い補聴器はジージーと音がして、

耳遠の耳に詰まりし蟬しぐれ　　ヨシ子

のようであるという。家の外は出歩かなくなり、縁側に坐って、じーっと一点を見つめているとき、句が天から降ってくる。

朝顔の遊びの蔓《つる》と遊びけり　　ヨシ子
庭園の芝に呪符めく茸《きのこ》あり　　ヨシ子
忘れ癖茗《みょう》荷《が》は茗荷の花となり　　ヨシ子

庭木の下に茗荷の芽が出ているが固くて市販のものより香りがよくないから、ほったらかしである。そのうち白い花が咲くのであった。茗荷の句は、飲まなかったアルツハイマー病の薬を見て詠んだ。薬は処方された紙袋の中に入ったままであった。ヘルパーさんにおむつを取りかえて貰ったあと、虚空を見つめて、俳句ノートに書きつけた。ボールペンの文字は細く震えていた。デイ・サービスで七夕の飾りつけをしてきたときは、

クレヨンでわが名の書けて星まつり

デイ・サービスの小型車で市民祭に出かけたときには、買った水色の夏セーターを持って帰ってきた。

セーターが五百円なり市民祭

はそのときの吟である。要介護2になっても俳句脳はかえって冴えるようであった。

十月の末、ぼくが金沢へ出かけたとき、ヨシ子さんは転倒した。診療所の先生が往診に来て、ヨシ子さんが玄関で転んで、三和土《たたき》の上に倒れているのを見つけた。くにゃくにゃと腰が落ちて、起きあがれなくなった。二時間ほど寝ころんでもがいているところを先生に助けられた。カミさんが介護用品の店へ行っているときだった。ぼくだけでは、介護しきれなくなってきた。介護療養型老人ホームのパンフレットを取り寄せて、どこへ行くか、ヨシ子さんと話しあった。

ノブちゃんが入っていた老人ホームは、施設が拡大されて新しい宿舎が建ったが、昔とは様子が違っていた。とりあえずは、福祉用具専門相談員と話しあって、玄関にパイプを取りつけることにした。縦横に遊園地にあるジャングルジムのようなパイプがつけられた。

ヨシ子さんは家の中を歩きまわり、納戸の整理に余念がない。

冬物の服を取り出し、下着を点検し、始終なにかを捜している。なにを捜しているのか

と訊くと、それを忘れている。更衣《ころもがえ》の季節になると、なくしていた鍵が出てきて、

更衣なくした鍵の現はれし　　ヨシ子

と、めでたい句を詠んだ。

納戸にはミネラルウォーター、缶コーヒー、むぎ茶のペットボトルなどが、段ボールの箱ごと置いてある。昔から知っている酒店の主人が、納戸まで運んできてくれる。醤油・ソース・塩・砂糖・缶詰など食料用品倉庫のようになった。東日本大震災のあとはとくにミネラルウォーターを仕入れるようになった。

頭はさえていても要介護2の老人だから、廊下の手すりにつかまりながら歩く。ぶ厚い毛糸の靴下をはいて廊下を歩く姿は、すべりそうでハラハラする。

ヨシ子さんは二階へ上がってくる体力がない。三月に無理して上がってきて、

二階より今年の梅を眺めをり

と、詠んだが、下りるときに階段で足をふみはずして、あやうく転ぶところだった。ぼ

くでさえ、転落しそうになるので、手すりにつかまって下りる。それ以来、二階に上がってこなくなった。

二階の三部屋は、いまは古本の書庫となっていて、ヨシ子さんは「床がぬけたら、下で寝ている私は圧死するよ」と文句をいう。で、知りあいの古書店に来て貰って小型トラックで四十二箱ぶん持っていって貰った。五百冊ほどで八万二千円があとで振り込まれた。

ヨシ子さんは「この家は修理のしようがなく、わたしが死んだらすぐ壊せ」という。昨年の暮れに玄関の柱の土台が壊れたので、知りあいの大工に修理して貰った。そのあと、玄関ドアの軸が壊れてしまった。

近所の家々はどこも修理中であった。四月の消費税増税前に修復工事をしようという家が多くて、どこもかしこもドンガラガッタと工事をして、大工がひっぱりだこで、都合がつかない。ちょっとした建築バブルになった。

さっそくヨシ子さんは賢弟マコチンに電話をして、修理せよと命じた。マコチンは、工具一式をクルマにつめこんでやってきて、五時間かけてドアをなおした。

あとは大往生を待つばかりの日々だが、ヨシ子さんは「死ぬってこともけっこう気をつかう大変なことだよ」とブツブツいっている。「延命治療はしないように」と書いた文書の下に三兄弟が「承知しました」と書いて、名前の上に印を押した。

死んだときは、長男のぼくがとりしきって、身内だけで葬儀をする約束もしてある。「私が死んだとき、当分は親戚に知らせるな」と命じられている。

大型で強い台風18号が関東地方にくる前日、ぼくも大型で強い老人に変身して、二階廊下の雨戸を閉めた。いまや築六十年の家は木造二階建てクモノス城で、二階の洗面所と廊下の外側にガラス戸と木製の雨戸がある。

この雨戸が老朽化して、出し入れがきわめて困難である。東部屋と西部屋は雨戸が二枚だからどうにかなるが、廊下の雨戸は大きいのが八枚あって、ここに雨があたると漏るのである。

ヨシ子さんが命じるまま雨戸を閉め、強力なガムテープで内側からがっしりととめ、ガラス戸の下もとめ、厳重な警戒態勢に入った。

水漏れした雨水をふくタオルを十五本、バケツ二つ、モップ一本、ローソク十本、懐中電灯五本、ヘルメット三つなども用意し、庭にある菊や朝顔の鉢を軒下にまとめ、物干し台を点検し、自転車はまとめて駐車場の奥に置いた。

雨戸に台風がビュービュー吹きつけ、木の枝が飛んできてダーンと音が響く。精神が高揚して戦地にいる気分になる。書斎は戦場である。あらゆる作家は書斎という戦場でひとりで闘っておるのだよ。台風のときは書斎は爆撃される。

雨戸がガタガタゆれ、ふと時計を見ると午後九時だ。台風はどうなっているのか、と気になって一階に下りるとヨシ子さんがNHKテレビを見ていて「まだ四国のあたり」という。

テレビには海にうちつける波や、ゆれるヤシの葉や、水びたしの道路が映っている。台風の進路予想がシャボン玉の泡みたいになって日本列島の地図の上に丸く出ている。

ヨシ子さんに「外へ出ちゃだめですよ。風速二十メートルでぶっとばされる」と説明した。新しい補聴器にかえたので、ヨシ子さんは「おまえの声がよくきこえます」と機嫌よく答えた。ついでに一句、

文句あるごとく台風轟《とどろ》きぬ　　ヨシ子

と、ワラ半紙に書きつけた。

「朝刊をとりに、玄関の郵便うけにいっちゃだめですよ。風に吹きとばされるから」

ヨシ子さんは、うなずいて寝室へ入っていった。ヨシ子さんの寝室からドア越しにNHKの「ラジオ深夜便」の曲が、大音響で流れてくる。寝るときは補聴器をはずすため、音

が大きくなる。

耳元の深夜ラジオに明けやすし　　ヨシ子

こもり日や大朝寝して大欠伸《あくび》　　ヨシ子

二階で仕事をして、朝五時に寝て、十時に目がさめると、台風は東北沖へ移動中で、思ったほどの大きな被害は出ていなかった。

ヨシ子さんの家の郵便うけから、雨に濡れた朝刊をとり出して届けた。朝刊はビニールでくるんであるので濡れていない。新聞配達ご苦労さんだなあ。

九十七歳のクラス会

ヨシ子さんが卒業した西遠女子学園の同級生に小野ふささんがいる。小野さんは満州で敗戦をむかえ、夫はシベリアに抑留された。命カラガラ帰国して、静岡県警の試験を受けて、警察勤務となった。その二年後に夫がシベリアから帰ってきた。

その小野さんが、木枯し吹く十一月にわが家を訪ねてきた。小野さんの息子夫妻が、浜松から自家用車に乗せて、ヨシ子さんの家まできてくれた。息子さんが「行きたいところへどこへでも連れていってあげる」といったら「ヨシ子さんに会いたい」といって実現したらしい。九十七歳のクラス会。戦争を生き残り、それからずーっと生きて、残ったのは二人になった。

二人が話し出すと、ピーチク・パーチクとよくしゃべり、とどまることを知らない。九十年前のことをふたりともよく覚えているのだった。きのうのことは忘れても昔のことは忘れない。お弁当のおかず、自転車の話、着物や遊び、学校の先生、関東大震災、特急つばめ、愛国婦人会、満州事変、二宮金次郎、天竜川の花火大会、などなど。

九年前のクラス会のときに、会計を担当したのは小野さんだった。九年前には元気だったクラスメイトが、ひとり死にふたり死に、小野さんとヨシ子さんだけになった。

「あなた偉いわよ。なんでも肯定的に考えて、すべてをよし、としているから」

とヨシ子さんが小野さんをほめると、

「ヨシ子さんはアタマの回転が早くておっとりしていて人柄がいい」

と小野さんがほめる。そのうち、

「眠っているうちに、すーっと死ぬのがいいわねえ」

「気がつかないうちにコロッと死ぬのが理想ですよ」

と死に方談義となり、日が暮れかかっても話が終わらない。小野さんは、このあと山中湖畔に泊まって紅葉を見物してから帰るのだという。

「愉快に生きなくちゃ」

「もう元気すぎて困るの」

「ここまで生きちゃった」

「ほんと、あっというまに……」

ヨシ子さんがこんなにはしゃいでいる姿をひさしぶりに見た。

小野さんが帰ると、入れ違いに薬局が薬を届けにきた。

くすり屋とねんごろになる年の暮　　ヨシ子

と、詠んでから、あかぎれの指のさきを見つめた。小野さんと会っているときは興奮して話しすぎて、そのあとはどっと疲れがくるのでした。

気まぐれに救心二粒寒の水　　ヨシ子
秋風や四時間おきに飲むくすり　　ヨシ子
漢方の薬買ひ足す年の内　　ヨシ子
わがままを言へる友ゐて静岡茶　　ヨシ子

ひさしぶりに俳句がポンポーンと出てきた。ヨシ子さんが句を思いつくと、すかさず、「お上手！」といってほめて、メモをとる。メモをとると俳句魂がパチパチとはぜて右へ左へと飛びかうのだった。

第四章　ヨシ子さん、百歳の誕生日

めでたい長寿祝金

盆入りの夕方は雨があがり、西の空がうっすらとほおずき色に染まった。なかば廃園と化した中庭は、そこらじゅうに蜘蛛《くも》の巣が張りめぐらされて、蝦蟇《がま》が出る。

素焼きの大皿に迎え火のおがらをのせて焚《た》いた。藪蚊が多いので蚊取線香を七本たて、手や足に虫よけスプレーをかけた。

デング熱の蚊に刺されたらたまんないからね。おがらを焚いているうちは蚊はこないが、火が消えるとブンブンやってくる。下駄で蹴とばしたが、あちこちを刺された。

東京のお盆は七月十三日から始まり、十六日に終了した。ノブちゃんの仏壇の前に小机を置き、咲き残った紫陽花を一輪飾った。わが家は庭に蜥蜴《とかげ》が這い廻り、庭木が繁ると薄暗く、幽霊が出てくるにはうってつけの場所になる。

小机の上にノブちゃんの似顔絵を描いて飾り、サントリープレミアムモルツの缶ビール、焼きうるめ、燻製《くんせい》チーズ、茄子、桃、きゅうりなど冷蔵庫にあるものを供えて、鉦《かね》をチーンと鳴らした。

電気仕掛けで、炎が燃えているように見えるローソクが故障したので、賢弟マコチンが隣の町の仏具店まで買いにいった。ぐるぐる廻るお盆用の提灯は納戸の奥にしまったままで、出し入れが面倒なので使わない。

ドンブリの黒いふたをとると、ごはんの上に電子レンジで解凍したうなぎがのっていて、九十八歳になったヨシ子さんは「お父さんと半分ずつ食べるの」といった。

ノブちゃんが他界して十五年がたった。


ヨシ子さんは、要介護3となり、ユーラユラと揺れながら家の中を歩き、いちだんと老衰がめだつが、食欲はある。

ヨシ子さんは新しい眼鏡を買って、

新品の眼鏡に変へて秋を見る　　　ヨシ子

と詠み、ゴキゲンな日々である。

市報『くにたち』を読んでいたローボヨシ子さんが、長寿祝金の記事を切りぬいて冷蔵庫のドアに磁石でとめて、「これ読んだ？」という。市報によると今年度中に九十九歳の節目を迎える人に長寿祝金（一万円）を贈り、市長が直接自宅まできて手渡すと書いてあった。

さあ大変。市長さんが家まで長寿祝金を持ってきて下さるんだよ。佐藤一夫市長は二期めに入り、誠実で一本気な純情熱血漢として広く親しまれている。

九月二十四日、午後一時に佐藤市長と市役所の人が家に来た。この日は午前十時から、主治医の定期往診（月二回）、十一時からヘルパーさん（週三回）がきて、ヨシ子さんはやたらといそがしい。

ぼくは玄関へ出て市長御一行を居間へ案内した。パイプがジャングル・ジムのように組みたてられた玄関で靴を脱いだ市長御一行が、廊下を渡ってヨシ子さんが待ちうける和室へ入ってきた。この日のヨシ子さんはベッドから出て、背の高い座椅子に坐っている。

ヨシ子さんはうやうやしく挨拶して、市長から嬉しそうに長寿祝金を拝受した。秋晴れの木もれ日が庭にさしこんでいる。庭を見ていた市長が「ガマが出そうですな」と言った。

そうなんですよ。今年の夏も出て、そこらじゅうを這い廻っていました、とヨシ子さんがうなずいた。ヨシ子さんの句に、

月見草開くを待てば蟇《がま》と遇ふ

があり、ガマさんが市長になったとき、ぼくは、

そのままで行け還暦のがまがえる　　光三郎

の句を色紙に書いて贈った。

佐藤市長は、もとは市役所福祉部長として活躍していたスーパー公務員で、ガマさんと呼ばれていた。名づけ親は国立に住んでいた作家の山口瞳さんで、ガマさんは「国立ヤマグチ組」の若頭といったところだった。

どこからガマが出るんですかねえ、とガマさんに訊くと「下水の穴で冬眠していたガマがこういった草叢《くさむら》に出没するんですな。うちの庭にも出る」と言う。

国立ヤマグチ組の花見の会、月見の宴、ギャラリー・エソラで開く絵はがき展には、いつもガマさんがいた。激情家で口角アワを飛ばして議論し、人がいい。スカッとした性格である。かくして山口瞳「男性自身」シリーズにはたびたびガマさんが登場したのだった。

ガマさんは市職員を退職したあとは、市の社会福祉協議会会長をして、老人福祉に取り

組んできた。

ヨシ子さんが週二回通っているデイケア施設が、三月に閉館になる。つぎはどこがいいでしょうかね、とヨシ子さんが質問した。ヨレヨレでもそのへんはしっかりしている。

国立市の人口はおよそ七万六千人である。今年度に九十九歳になる人はヨシ子さんをふくめて二十八人、百歳以上は三十五人、最高齢者は百八歳という。

市長御一行が帰ったあとヨシ子さんは祝金の袋を仏壇に供えて、ノブちゃんの遺影にむかって「わたしは、いくつまで生きるんでしょうか」と話しかけた。


平成二十八年（二〇一六）の正月、ヨシ子さんは、ベッドで寝たきりとなり、おきあがれなくなった。意識はあるのだが、モーローとして夢うつつのなかをさまよった。一月三日は、国立の家に集まって新年会をするのが恒例になっていたが、急遽《きゅうきょ》中止とした。

さして広くもない家に弟たちの家族やいとこ一家三十人以上がぎっしりと集まって宴会を開くのは昭和からの名残りであった。昨年の秋、散歩中に転んだことがよほどこたえたらしく、ヨシ子さんが「もうだれも来なくていい」と宣言をした。

小学生のころの正月は、いとこたちが遊びにきて、映画の「シェーン」の真似をして、拳銃早撃ち合戦で遊んだ。凧《たこ》あげ、バドミントン、百人一首、カルタ、花札、福笑い、家族あわせゲームをひと通りやってから、いとこの家へ泊まりに行って、三球スーパーのラジオから流れてくる二代目広沢虎造の浪曲「清水次郎長伝」を聴いた。

中高生になると同級生と一緒に正月映画を見てから谷保天満宮にお参りし、駅前の丸信でラーメンを食べた。高尾山へ登って初日の出を拝したときは、目玉が虹色ににじんだ。

大学のころは、高校の同級生と盛り場へ行き、チンピラ五人組と乱闘になり、ボコボコに殴られ、顔が痣《あざ》だらけの痛い正月だった。

就職すると、十二月の末から奥志賀のスキー宿に泊まって、スキー場で正月を迎えた。そのころは東久留米の滝山団地に住んでいたので、実家へ顔を出すのは一月三日であった。子が生まれる前後は、行くところがないので実家へ顔を出して、ノブちゃんのところへお歳暮で届けられた珍味セットを肴《さかな》にして酒を飲んだ。子が五歳になると「スキー場へ行きたい」とせがまれて、安西水丸のお嬢さんカオリちゃんと一緒にスキー場へ行き、ふたたびスキー場で正月を迎えた。

正月が好きで好きで大好きで、正月がくるのが怖いほどだった。正月が終わるとつぎの正月がくるまで一年間待たなくてはいけないので、がっかりした。

ヨシ子さんは、ひとりでトイレへ行けず、入浴もできず、ほぼ寝たきりになった。車椅子、電動ベッド、簡易トイレなど一式が持ちこまれ、ヘルパーさんは毎日（一回三十分）きてくれるし、看護師は週一回、医師は月に二回往診してくれた。風呂セットをベッドの横に運んで入浴させるのにはびっくりした。風呂グループ四人は毎週火曜日に来てくれる。

ヨシ子さんはこの入浴がいまひとつ気にいらず、自宅の風呂に入ろうとしたが、できなかった。三本足の杖をついて家の廊下を行ったり来たりしてリハビリに専心し、どうにか歩けるようになった。

月に一回、介護を見なおす合同うちあわせ会がひらかれた。

元日の朝は東側の山林から、はすかいにさす初日の出を見た。さしこんでくる初日がまぶしく、老朽の貧家が彼岸《ひがん》の御殿かと思えたほどだ。子規の句集を開くと、

初日さす硯《すずり》の海に波もなし

という吟があった。墨をすると、そこに海があり、初日がさして、波ひとつない。硯の水に海を幻視する子規の目玉に仰天しつつ、ひんやりとした正月を迎えるのもいいね、と

ヨシ子さんと話して雑煮を食べた。

ヨシ子さんは、九十五歳までは町内に親しい友人がいて、ローバ元老院のようにのし歩いていたが、一人死に二人死に、百歳になったいまは一人の友人しかいない。ぼくが南伸坊や浅生ハルミンと作っている俳画カレンダーは、ヨシ子さんの友だちに好評で、十部ほど渡していたのだが、今年のぶんは、「もう私には友だちがいないのでいりませんよ」と断られた。そういえばそうだな。めでたくもあり、めでたくもなし、という心境だろう。

このところヨシ子さんは、紛失物《なくしもの》をしがちだという。ショール、ハンカチ、手袋、なにかしらなくしてしまう。百歳になったヨシ子さんは、紛失また紛失で、紛失したことも忘却の彼方にあるようだ。

探しものばかりで灯火親しめず　ヨシ子

百歳長寿

百歳を迎える人は三万一七四七人、と新聞に書いてあった。百歳以上の高齢者は、九月十五日の「老人の日」の時点で六万五六九二人、女性が八七・六％という。

ヨシ子さんもその一人で、国と東京都から九月十五日に記念品が送られてきた。

国からは銀杯と内閣総理大臣安倍晋三の祝状で、

「あなたが百歳のご長寿を達成されたことは誠に慶賀にたえません。ご長寿をことほぐこの日に当たりここに記念品を贈り、これを祝します」

と記されている。

銀杯は木箱に収納され、蓋を横にひくと、直径九センチの銀杯がぎんぎんぎんと輝き、「寿」の文字が彫られている。手にとるとひやりと重い。「銀杯のお手入れと保存について」という印刷物が目についた。そこには、

①銀杯に直接手を触れぬよう注意して下さい。もし触れた場合は乾いた軟らかな布で乾

拭きして下さい。

とある。

あわわわわ。これは大層立派な杯であるのだ。木箱に添えられていた白布でしずしずと指紋を拭きとって裏を見ると、「洋銀」と刻印されていた。

「お手入れと保存法」に関して五項目にわたって細かく書いてあるが、なんだ、銀じゃないのか。昨年までは銀製（七千六百円）であったが、財政難のため今年から銀メッキの杯（半額）になった。メッキシルバーといったところ。

東京都からは丸花器（鶴蒔絵《まきえ》　夜鶴）。こちらは大きめの木箱の蓋に東京都伝統工芸士の揮筆と落款《らっかん》がいささか仰仰しく押してある。江戸漆器は、徳川家康が京都の漆工を招いたのにはじまり、そば道具、重箱などの実用品としてつくられた。江戸の庶民文化を代表する工芸品である。

つがいの鶴の下に雛の鶴を配した図案がめでたい。黒光りする花瓶で、そば屋の棚に置けば似合いそうだが、絵入り漆器だから、はたして、生花を入れるものなのか判然としない。

別紙に、「今回の知事交替に伴い祝状の制作が間に合わず、東京都知事祝状につきましては十二月上旬の発送を予定しております」と書いてあり、舛添要一の祝状はなく、小池百合子の名になっていた。

ヨシ子さんはひたすら家のかたづけに励んでいる。家じゅうに不要品がたまっていて、卒寿記念置時計、中国の硯、筆、古墨。名入り万年筆。旧式計算器。ＤＶＤ、外国みやげの人形。ヨシ子さんは人形好きなので息子三人や友人が人形を持ってきて、その数は百以上。旧式カメラ（ノブちゃんの遺品）、帽子、茶道具、唐津焼の壺、花瓶、着物、写真アルバム、小型テレビ、ノブちゃんの古書、眼鏡、賞状、ガラス細工、油絵、食器、書道全集、俳句誌、ステレオ、扇子、望遠鏡、フランスの絵ハガキ、古椅子、オルゴール、ドイツの鋏《はさみ》、手帳、日記、大正時代のカバン、手紙、鈴、加賀象嵌《ぞうがん》の盃、印譜、屏風、久保田万太郎の色紙、小物入れ、文化鍋、赤チン、などなど、捨てても捨ててもどこかから出てくる。

一見するとガラクタでも思い出がある品物は捨てきれないが、九十歳をすぎてからは、威勢よく捨てるようになった。ぼくへの遺言はいま住んでいる築六十年の家をぶちこわすことで「私が死んだらサラ地にしろ」と厳命されている。無人の家がほったらかしにされることがいやなのだ。

してみると、国からいただいた銀杯や、東京都からの花器は、申し訳ないが、処分されることになるだろう。百歳の高齢者はモノはほしくないのだ。

市から長寿祝金（一万円）をいただいた。佐藤一夫（ガマさん）市長が癌で急逝されて、選挙で永見理夫《かずお》市長になった。永見市長は読書家で、ぼくと話が合う。国立市から二回にわたって長寿祝金をいただくヨシ子さんは満足そうだった。モノよりお金のほうがいい、と考えつつも、内閣総理大臣よりいただいた祝状を額に入れて、ノブちゃんの遺影がある十二畳の広間に飾った。ノブちゃんはなんというだろうか。

よく「いつ死んだっていい」というけれど、あれは嘘ですね。一九六〇年代後半、ムード歌謡で人気を得た女性歌手が、テレビの歌謡番組で「いま、天井から岩が落ちてきて死んでもかまわない」とニヒルに発言して、「わあ、言ってくれるなあ」と溜息が出た。

ヨシ子さんは「いつでも死ぬ覚悟はできてます」と言い、それは本気だと思う。しかし、少しでも体調がよくないと、「診療所へ連れていけ」という。要するに医者好きで「死ぬ覚悟」はあっても、病気になるのはいやで、健康には人一倍気をつかう。まあ、それが「生きている証拠」ですからね。

寒くなると友人がバタバタと他界し、淋しい思いにかられる。

葬儀に来る客は、いずれも私より若い。私より高齢者がいると「あちらのほうがさきにいくな」と思って「おさきにどうぞ」と死への道を譲りたくなるが、油断はできない。八十歳をすぎてもバリバリ仕事をしている人がいて、励まされる。年をとっても現役の人がいると、「お手本だ」と思って、うやうやしく挨拶して「どれぐらい弱っているかな」と観察すると、「いや、もうヘロヘロですわ。立っているだけで目がくらみます。では、おさきにどうぞ」と、かわされる。

これは弱っていると見せて、こちらを油断させているに違いない。その人は、さらにその上の高齢者を観察していた。

高齢者にとって、葬儀は、自分よりさらに年上の人を見つけて、「あちらがさきに他界する」と安心する場でもあるらしい。杖をついて焼香し、よろよろと退場するのも芸のうちである。いまにも倒れそうな老人が、公園の朝の体操会なんかにきているんですよ。ヨシ子さんは、朝起きてから、ベッドの上で、足を手で三十分ほどマッサージするという。そうしないと歩けない。

それから室内用の三本足の杖でトイレ、洗面所に行き、麦茶を飲んで休息し、ヘルパーさんがきてくれるのを待つ。百歳のお正月に歩けなくなったのが嘘のように、たちなおった。ヨシ子さんのリハビリテーションの意志の強さにびっくりした。腰は曲がり、耳は遠いけれども、各種の薬を飲み、ユーラユーラと風船のように揺れて庭の鉢植えに水をやる。

「もうお迎えがきます」

といいながらも、生きていくかたくなな意志がある。いつ死んだってかまわないことはないのである。念力と体力があるかぎり、生きていく。

天気がいい日は、ヨシ子さんは台所のドアを開けて、郵便受けへ行く。玄関のレンガ塀にあった郵便受けは遠いので、賢弟マコチンが台所に近い裏木戸のブロック塀に、赤く塗った郵便受けをとりつけた。台所のドアから二メートルである。その二メートルがヨシ子さんの外出さきなのである。ヨシ子さんは半年ぶりに、

空《から》つぽの郵便受や木の葉舞ふ

という句を詠みました。

老いてますます唯我独尊《わがまま》

すっかりヨシ子さんの家の二階で仕事をするようになった。仕事が終るのは午前六時ごろである。階段を降りていくと、ヨシ子さんの寝室からラジオ深夜放送の大きな音が聞こえた。ドア越しに音楽がガンガン流れて、街宣車のようだった。ドアを開けて覗《のぞ》き見ると、ヨシ子さんは口を半分開けて寝息をたてている。死んだのではないか、と不安になって近づくと呼吸をしていた。耳が遠くなったので、ラジオの音量がやたらと大きい。ラジオのスイッチを切ってドアを閉めた。

ヨシ子さんの足が丸太のように太くなった。

軀の異変に敏感で、なにか感じるとすぐ看護師を呼んでスマホで写真を撮り、診療所の先生に写真を転送して処方を書いて貰う。それをもとにして市内のプラザ薬局に電話して薬を届けて貰う。ぼくには真似のできない対応である。

木曜日には武蔵野美術大学へ教えにいく造園家ススムが授業の前に立ち寄るのだが、ヨシ子さんは薬が届くのを待ちきれず、ススムに取りにいかせた。

足が太くなるのは、足の筋肉が衰えて、血液がたまるからだ。血流が弱いため、血液やリンパ液が循環せず、足にたまってしまう。高齢者に多い症状で、利尿剤などの薬を三種飲むのだが、副作用があって、腎臓に悪い。というのはヨシ子さんが説明してくれた話で、どこまで正確なのかはわからない。椅子に坐っていると足に血がたまり、治療法としては、足を高くあげて寝ていればいい。

さあ、どうしますか？　と主治医の先生に診断された。丸太のような足がさらに太くなって、これ以上ふくれると皮膚が爆《は》ぜる。

主治医の先生の判断で、立川相互病院へ入院することになった。ほとんど歩けないので、救急車で運んだ。寝巻、下着、紙おむつ、洗面具、タオル、常備薬、イヤホーンつき小型ラジオ、眼鏡、補聴器、ノート、ハンカチ、ちり紙、など一式をバッグにつめた。

ヨシ子さんは、病院に入院するのは、生まれてはじめてだという。百歳まで生きてきて、一度は入院してみたいと思っていたが、やっと入院することができて、念願がかなった。立川相互病院は老人医療に実績がある病院であった。

十日間入院すると、丸太のような足は、すっきりと細くなった。医師や看護師が親切で、ミルミル足のむくみはとれた。病院食は安くておいしいし、治療は完璧であった。主治医の先生は「自宅ではあまり歩きまわらずに、足を高くして寝ていればいいのですよ」とヨシ子さんに言いきかせた。

十二月十一日、ぼくは金沢へ二泊三日で出かけた。金沢市が主催する第44回泉鏡花文学賞の授賞式に出席するためであった。鏡花賞の審査員は、五木寛之、村松友視、金井美恵子、山田詠美、綿矢りさ、嵐山光三郎の六名である。

金沢へ行っているとき、カミさんがヨシ子さんの様子を見に行くと、テレビを置いてある部屋に倒れていた。食堂の柱に頭をぶつけて転び、這って、ぼくのうちへ連絡するブザーまで行こうとしたが、起きあがれなかった。カミさんが起こそうとすると、「痛い、痛い」と言って動かすことができない。腰を痛めていた。足をちょっと動かそうとするだけで「痛い」と声をあげた。主治医の先生へ電話をした。しばらくすると看護師さんが来た。カミさんと一緒に座椅子に坐らせて、毛布を腰にかけて、寝室まで座椅子ごと押して行った。やがて整体の先生が来て、痛むところをマッサージした。ヨシ子さんはじっとしているほか打つ手はない。

翌朝、主治医の先生が来て、湿布をしてくれた。右足が動かず、骨折か捻挫か、打身か、見ただけではわからない。ベテランのヘルパーさんがきて、お尻を拭いてくれた。
その日から、リハビリがつづいて、年を越した。だれもやって来ない静かな正月が過ぎ、百一歳の誕生日を迎えた。整体の先生が両手を持って、トイレまで行く練習をくり返し、二日には、痛みがとれてどうにか歩けるようになった。ヨシ子さんは年の暮れを思い出して、ようやく一句作りました。

足腰に膏薬貼って暦果つ　ヨシ子

やれやれ、といったところです。

夢のなかで夢を見ることがあり、ふと目がさめて、これは夢だったのだと気がつくが、それもまた夢である。疲れていたときにこういう夢を見て、夢うつつに鳥の声を聞いて蒲団から起きだしてあたりを見まわし、それもまた夢のなかである。
桜色の将来を夢見ていたボンクラ少年（ぼく）は、年老いて薄桃色の花弁を眺めて悦に入る。早く年をとりたいと考えていて、ようやく老人になった。めざしていた老人は白髪の剣術達人で、山奥に棲む仙人だった。若い剣術使いが来ると、岩の上からくるるーんと廻ってやっつける。あるいは町なかをとぼとぼ歩いていて、あんちゃんに因縁をつけられると、秘密の呪法を使ってばたんきゅーと倒してしまう。現実にはあっちへふらふら、こっちへゆらゆらと徘徊する日々で、これも悪くない。

夢は睡眠中の願望であって、精神分析では抑圧されていた願望を充足させる。であるから「夢のなかのぼく」は、ぼくでありながら「現実のぼく」ではない。目がさめたあとの回想が夢である。

深く眠っているときよりも、眠りが浅いときに夢を見るらしい。いろは歌に、「あさき夢見し酔《え》ひもせず」とあり、眠りが浅いときに脳髄の活動により、中枢神経が作用して、現実が解体される。夢は非合理で怪異な物語である。

古代の日本では、夢は「天の啓示」であり、神のお告げとされた。修行した者が、神のお告げにより霊魂不滅の術を体得する。これは古代に限らず、いまなお宗教の教祖が似たような体験話を喧伝している。

昔の中国では「聖人に夢なし」といわれた。天帝は夢なんぞ見ない。「愚人は夢多し」で、夢を見るのは愚かなる者である。これで私がよく夢を見る理由がわかった。

ヨシ子さんは百一歳となり、「老いてますます唯我独尊《わがまま》」の日々をすごしている。という次第で、ぼくは国立の実家で介護の日々となった。神楽坂の隠れ家は月水金の午後だけ、中川ミチ子姐さんがきてくれる。

ぼくは、一月九日に東京駅新幹線の通路からホームへ駆け上がり、転んだときの膝の関節が痛くて、いまなおうまく歩けない。五十メートルも歩くと関節がちくりときてかがんでしまうのだが、夜桜から魔がさして、ちくりちくりと生きていくのも快感と思うようになった。なにごとも自分に都合よく考えればよろしい。

四月三日はノブちゃんの命日である。ノブちゃんが他界して十八年がたった。ヨシ子さんは、日のあたる縁側に腰をかけて、俳句ノートに、

春の夢あの世この世の人のかげ

と書きつけた。
桜の花が咲くと、みんな、ひとりひとりの思い出の中を生きようとする。
花が散るたびに舞台が別次元に転換して、散った花が中空にとまったままになる。いく

たびもくり返してきた花見の記憶がフラッシュバックして月光を浴びる。

花見を終えて家へ戻り、老桜を下から見あげると、月は西へ傾き、桜の花弁が膝に舞い落ちてきた。息を止めて、その一瞬を見届け、太い幹から小さい花弁と新芽をちぎった。それを小さなコップに差し、ヨシ子さんに渡した。

あとがき――なるようになる愉快な百二歳

父ノブちゃんが他界したのは、平成十二年（二〇〇〇）で、ヨシ子さんは八十三歳だった。新盆を迎える前日、ヨシ子さんが、ぽつんと、

「これから私はどうなるのかしら」

と、つぶやいた。

なるようになりますよ。偏屈な夫は死んじゃったし、あとはのんびり過ごしましょうね。と言って、ヨシ子さんとふたりでヤグルマ草の苗を植えた。それがスクスクと育ち、紫色の花をつけた。花壇に、ノブちゃんの好きな花が咲いた。

新盆の初日、ぼくはヨシ子さんが書いたメモどおり、スイカ・桃・バナナ・ブドウ・ミカン・さくらんぼ・オレンジ・リンゴを買っておいた。すべてノブちゃんの好物の果物ばかりだ。ホオズキ・盆ゴザ・ナス・キュウリ・蓮の葉、おがら、ミソハギの花・箸・しめ縄など揃えて、盆棚に飾りつけた。干しシイタケ・コブ・巻きブリ・ソーメンもお供えし

た。ヨシ子さんはそれらを点検してから、ようやく寝室へ入った。

深夜、階下で変な声がした。歌声であった。

デカンショーデカンショーで半年暮らす……。ヨシ子さんの声であった。ボケはじめたのかなあ。いまは深夜一時ですよ。耳をすますと、サノヨイヨイ、と歌って、そのあとは静かになった。翌朝ヨシ子さんに、なにか歌っていたね、と尋ねると、

「そうよ。淋しかったからひとりで歌ったのよ。大声で歌ったら、すっきりして、すぐに眠ってしまいました」

と、愉快なヨシ子さんに戻った。


八十二歳のころのヨシ子さんの日常は、①朝寝ぼう、②昼食をかねた遅い朝食、③新聞を読む、④仏壇への献花、⑤花へ水やり、⑥午後の散歩、⑦作句、⑧夕食（弁当）、⑨長電話、⑩医者通い、⑪庭木の毛虫退治（業者に）、⑫生協への注文、⑬友だちとの宴会、⑭散る花の掃除、⑮冷凍ごはんのパックづめ、⑯ＮＨＫラジオ深夜便、といったところだった。

あとは句誌『カリヨン』の句会や唱歌の会へ通った。ヘルパーさんがきてくれるので助かる。

呆けないから俳句を詠むのか、俳句を詠むから呆けないのか、そのへんの因果関係はわからぬが、ヨシ子さんの句を読むと、「いま何を考えているのか」の察しがつく。

このごろは杖の句が多くなった。

杖先で落葉の底をさぐりゆく
杖とめる蜜柑《みかん》の花のこぼれをり
杖とゆく大空秋となりにけり
杖の先かたまり萌ゆる蓬《よもぎ》かな

杖はヨシ子さんの「第三の足」として、俳句の目線へ誘導する探知機となった。家の中も三本足の杖で歩きまわった。

八十七歳のとき、北海道の知人が、秋刀魚《さんま》を一箱送ってくれた。獲れたての脂ののった秋刀魚がクール宅配便で届いたのだが、秋刀魚の値より宅配便の代金のほうが高かった。

さっそく七輪で焼くと、部屋が煙に包まれて火災報知器が鳴る騒ぎとなった。

長箸のこげて秋刀魚の焼け加減

は、ヨシ子さん八十七歳の会心の句である。
秋刀魚の句を得てからは、自在にして愉快な句をぽんぽんと詠んだ。

わが熱の下がりて藤の咲きにけり
風五月靴新しき散歩みち
夜顔の花を数へて歩きゆく
秋の蚊や文書く指にまつはりて
黄落《こうらく》に耳の遠くもよかりけり

九十一歳になると、

ゆるゆると九十一の菖蒲の湯
義理ひとつ電話ですます暑さかな

と、ふてぶてしくなり、九十二歳を記念して第二句集『九十二』(カリヨン叢書23)を刊行した。句集『九十二』は、初句索引と季語索引がついている。

平成二十三年、『カリヨン』を主宰していた市村究一郎先生が八十四歳で他界され、句誌は終刊となった。終刊号には、

死に仕度生き仕度して九月　　究一郎

と、市村先生最後の一句が掲載され、ヨシ子さんは、

師に捧ぐ句作り星の凍てにけり　　ヨシ子

と、追悼した。

それ以来、ヨシ子さんはほとんど句を詠まなくなったが、ときおり、ぼくと「ふたり句会」をした。句誌がなくなっても俳句を詠む稽古をしたほうが呆け防止になる。

賢弟マコチンはキャンピングカーにヨシ子さんを乗せて、バラ園や多摩川の土堤へ行き、「俳句できた?」と訊く。そう言われたって、すぐ詠めるものではないので、古池だの山寺だの古民家を廻って「そろそろできそうですか?」とせかす。俳句は、いい景色のとこ

ろへ連れていったって、すぐにできるものではない。

ヨシ子さんは、せっかくマコチンが連れてきてくれたんだからいい句を詠みたいとは思うものの、それがプレッシャーになって句案が浮かばない。ヨシ子さんを家まで送ってきたマコチンに「句っていうのは屁みたいにプープー出るもんじゃないよ」と言ったら、「でも二、三日したらいい句が出るかもしれない」と言って帰っていった。

ヨシ子さんの何気ない句には本音が隠されていることがあるから、暗号を解読するように、裏の意味を見つけることにした。

ヨシ子さんは、

ポストまで杖をたよりに月の道

という、一句を示した。郵便ポストは玄関の門扉にとりつけてある。お勝手の出口からは、ブロック塀沿いに十メートルほど歩かねばならず、そこが「月の道」である。塀の内側は満天星《どうだん》や榊《さかき》や椿、ツツジ、山茶花などの植え込みがあり、油断すると小枝が目にささる。夕刊をとりに行くときが危ない。

この句を読んで、賢弟マコチンは反応して、勝手口を出たところのブロック塀に巨大な郵便受けを設置した。赤いペンキを塗った頑丈な手造り郵便受けである。

玄関のドアが雨雪で朽ち、風や雨水が入りこむようになった。マコチンが三回修理したが、留金の金具が壊れた。すると、ススムが友人の指物師職人に頼んで新しいドアをつけた。ヨシ子さんはぼくと二人の弟の使いわけがうまく、悠悠とわがままに差配する。

百歳になるとヨシ子さんは俳句を詠まなくなった。気がむくと「ふたり句会」をするのだが、足が弱くなって部屋から出られなくなった。車椅子を取りよせたが、気に入らずに返してしまい、三本足の杖でリハビリにはげんで、ユーラユーラと廊下を歩く練習をはじめた。毎日、午前中にヘルパーさんがきてくれる。火曜日は入浴日、月に二回、看護師さんがきてくれる。

二〇〇八年に『おはよう！　ヨシ子さん』という本を書いた。この本の一部がＮＨＫラジオ「私の本棚スペシャル」（二〇〇九年四月二十五日）で四十分間放送された。朗読は橋爪功さん。

二〇一七年九月、国立市の大学通りにあるおなじみの喫茶店、白十字にて『おはよう！ヨシ子さん』朗読の夕べが開催された。もとＮＨＫの人気キャスター、村松真貴子さんの多摩カレッジ（多摩信用金庫のカルチャーセンター）の朗読講座メンバー十七人の発表会だった。

白十字の会場八十席は超満員であった。朗読にあわせて、スライドで句や写真が上映された。

最後に真貴子さんに呼ばれて、杖をついて前へ出てきた百歳のヨシ子さんは、万雷の拍手を浴びて、真紅のバラの花束をいただいた。「真夏の夜の夢」のような一夜でした。村松真貴子さん、ありがとう。

そして二年がたち、ヨシ子さんは家の外へ出なくなったが、マイペースで悠悠と百二歳生活を愉しんでいる。ヨシ子さんの実母モトさんはヨシ子さんが六歳のとき他界した。ヨシ子さんは、母モトさんのぶんを貰って長生きしている、という気がする。ノブちゃんの仏壇には、毎日、届けられた弁当を供えています。

二〇一九年一月

嵐山光三郎

本書は、『温泉旅行記』（二〇〇〇年十二月、ちくま文庫）、『おはよう！　ヨシ子さん』（二〇〇八年七月、新講社）、「コンセント抜いたか」（『週刊朝日』連載）をもとに構成し、大幅に加筆修正したものです。

嵐山光三郎

1942（昭和17）年、静岡県生まれ。平凡社『太陽』編集長を経て独立、執筆活動に専念する。88年『素人庖丁記』により講談社エッセイ賞受賞。2000年『芭蕉の誘惑』で、ＪＴＢ紀行文学大賞受賞。06年『悪党芭蕉』により泉鏡花文学賞、07年読売文学賞をダブル受賞。他に、『文人悪食』『「下り坂」繁盛記』『追悼の達人』『文士の舌』『枯れてたまるか』『漂流怪人・きだみのる』など著書多数。

ゆうゆうヨシ子《こ》さん
——ローボ百歳《ひゃくさい》の日々《ひび》

2019年3月25日　初版発行

著　者　嵐山光三郎《あらしやまこうざぶろう》
発行者　松田陽三
発行所　中央公論新社
〒100-8152　東京都千代田区大手町1-7-1
電話　販売 03-5299-1730　編集 03-5299-1740
URL http://www.chuko.co.jp/

ＤＴＰ　嵐下英治
印　刷　図書印刷
製　本　大口製本印刷

Published by CHUOKORON-SHINSHA, INC.
Printed in Japan　ISBN978-4-12-005175-3 C0095

定価はカバーに表示してあります。落丁本・乱丁本はお手数ですが小社販売部宛お送り下さい。送料小社負担にてお取り替えいたします。